ammann

Kālidāsa

ŚAKUNTALĀ

Drama in sieben Akten

Einführung,
Übersetzung aus dem Sanskrit und Prākrit
und Anmerkungen von

Albertine Trutmann

Ammann Verlag

Übersetzerin und Verlag bedanken sich
bei der Firma Novartis AG, Basel, für die Unterstützung
bei der Drucklegung dieses Werks.

Erste Auflage

Homepage: www.ammann.ch

Satz: Gaby Michel, Hamburg
Druck und Bindung: Freiburger Graphische Betriebe
ISBN 3-250-10465-5

Einführung

1. Bedeutung

Kālidāsas Drama »Śakuntalā« hat eine herausragende Stellung in der Sanskrit-Literatur. Dies gilt für die indische Tradition und für die Wahrnehmung außerhalb Indiens. In der indischen Tradition gilt der Ruhm dem Dichter, dem Werk wie auch dem Drama als Gattung. Das Drama hatte religiöse Wurzeln, war eine Form des Rituals und brachte den Menschen Unterweisung und Genuß. Goethe hat »Śakuntalā« mit enthusiastischen Distichen bedacht.

Willst du die Blüte des frühen, die Früchte des späteren Jahres,
Willst du, was reizt und entzückt, willst du, was sättigt und nährt,
Willst du den Himmel, die Erde mit Einem Namen begreifen,
Nenn ich, Sakontala, dich, und so ist alles gesagt.

Die Attribute von Entzücken und Sättigung meinen in der Sprache des zu Ende gehenden 18. Jahrhunderts, was auf Sanskrit *kāma* »menschliches Begehren« und *dharma* »kosmische Ordnung« heißt und die Handlung des Dramas wesentlich bestimmt.

König Duṣyanta verbindet sich in der idyllischen Umgebung eines Asketenhains mit der Halbgöttin Śakuntalā in einer Gāndharven-Ehe, einer rechtlich gültigen Form der Ehe ohne Konsultation der Verwandten und ohne Ritual. Auf dem Thron weist er Śakuntalā, die in Begleitung von Asketen als rechtmäßige Gattin vor ihn tritt, zurück. Er kann sich an die Beziehung nicht mehr erinnern. Grund des Vergessens ist ein Fluch, den sich Śakuntalā zugezogen hat, weil sie den großen Asketen Durvāsas nicht ehrerbietig begrüßte. Den Siegelring des Königs, einziges Mittel gegen den Fluch, hat sie verloren. Fast sieben Jahre dauert die Trennung. Śakuntalā ist von ihrer Mutter in die Wohnung der Götter geholt worden, der König erlebt, nachdem ihm der Anblick des Rings die Erinnerung wiedergegeben hat, eine Zeit tiefer Niedergeschlagenheit. Ein Auftrag des Gottes Indra zum Kampf gegen die Dämonen gibt ihm die Charakterstärke wieder. Auf dem heiligen Berg Hemakūṭa wird er mit Śakuntalā und ihrem Sohn vereint und kehrt in seine Königsstadt zurück.

Die Geschichte von Śakuntalā geht auf eine Episode des großen Epos »Mahābhārata« zurück. Der Fluch kommt dort jedoch nicht vor. Weshalb der König die Verbindung mit Śakuntalā leugnet, bleibt im wesentlichen ungeklärt. Ebenso fehlt die Einbindung der sexuellen Beziehung in die Rechtsvorstellung der Gāndharven-Ehe.

Das Drama wurde im Verlauf seiner Rezeption in viele Sprachen übersetzt, immer wieder neu. Die erste Übersetzung, 1789, war eine Übersetzung ins Englische, vom Orientalisten Sir William Jones, der als Richter am obersten Gericht nach Bengalen gekommen war. Den englischen Text übertrug Georg Forster, der weitgereiste Gelehrte, ins Deutsche. »Śakuntalā« wurde auch auf westlichen Bühnen inszeniert.

Kālidāsa stand mit großer Wahrscheinlichkeit in Verbindung zu König Candragupta II. Vikramāditya (375–413/415 n. Chr.), lebte also zur Zeit der sogenannten Gupta-Klassik in Nordindien. Die indische Tradition sieht in ihm den bedeutendsten Vertreter von *kāvya.* Dieser Begriff wird im Deutschen mit »Kunstdichtung« wiedergegeben. Kālidāsa schrieb Dramen und lyrische Epen, so den bekannten »Meghadūta«, den »Wolkenboten«. Die Gestaltung der Themen, der Reichtum der poetischen Mittel, vor allem aber die Schönheit der Sprache haben seinen Werken bleibenden Ruhm verschafft. *Kāvya* ist Literatur, die bestimmte poetische Merkmale aufweist. Sammlungen von Einzelstrophen, lyrische Epen, Dramen, aber auch Prosawerke bilden die Gattung *kāvya.* Schon früh haben indische Gelehrte über die Merkmale von *kāvya* nachgedacht. Dabei haben sie zentrale Kategorien der dramatischen Theorie für die Definition des Poetischen fruchtbar gemacht. Umgekehrt war das Drama wesentlich von Poesie bestimmt. Neben Prosa in Monologen und Dialogen bilden Gedichte den Hauptteil des Textes. Das Drama ist somit in der indischen Tradition bestimmend für die Ästhetik der Poesie und zugleich ihr reichster Ausdruck.

2. *Aufführung*

Indien kennt ein umfassendes und autoritatives Werk über das Theater: das *Nāṭyaśāstra* von Bharata (*nāṭya* »Drama«, *śāstra* »Lehrbuch«). Bharata ist eine Figur des Mythos. Über die Verfasserschaft des Werkes weiß man nichts Genaues, zeitlich ist es im 2. Jh. n. Chr. anzusiedeln. Das Wissen über das indische Theater stützt sich aber noch auf andere Quellen, insbesondere auf das *Daśarūpaka* des Dhanaṁjaya, eine abgekürzte Fassung des *Nāṭyaśāstra* (10. Jh. n. Chr.), und den Kommentar des kaschmirischen Gelehrten Abhinavagupta zum *Nāṭyaśāstra* (10./11. Jh. n. Chr.).

Der Ursprung des Dramas wird im *Nāṭyaśāstra* Gott Brahmā zugeschrieben, der es auf Wunsch der Götter schuf und Bharata mit der Einrichtung beauftragte. Es sollte eine Unterhaltung für Auge und Ohr und allen vier Ständen *(varṇa)* zugänglich sein. Opferhandlungen sollten der Aufführung vorangehen. Da die Dämonen, die Feinde der Götter, die erste Aufführung störten, ordnete Brahmā den Bau eines Hauses für das Theater an.

Wie diese Gebäude aussahen, kann nicht mit Sicherheit gesagt werden, da sie nicht erhalten sind. Die Bühne war gegenüber dem Zuschauerraum erhöht, jedoch nicht durch einen Vorhang abgetrennt. Hinter dem Abschluß der Bühne, vermutlich einer Wand, befand sich der Raum, wo die Schauspieler sich ankleideten, schminkten und auf ihren Auftritt warteten *(nepathya)*. Zwei Türen in der Wand mit einem Vorhang, der jeweils weggezogen wurde, ermöglichten Auftritte und Abgänge. Bei lebhaften Auftritten lautet die Bühnenanweisung im Drama, daß der Schauspieler den Vorhang vor der Tür »zu Seite schleudert«. Zwischen den Türen war der Platz der Musiker, beherrscht von zwei großen Trommeln. Musik, insbesondere der Klang der Trommel, begleitete das Drama. Umstritten ist die Frage, ob die Musiker auf einem erhöhten Standort *(raṅgaśīrṣa)* saßen. Im vorderen Teil der Bühne *(raṅgapīṭha)* trennten Säulen auf jeder Seite einen Bereich ab *(mattavāraṇī)*, dessen Funktion ungeklärt ist. Auf jeden Fall war der Raum für die Darstellung relativ eng. Spielhäuser für höchstens 200 Personen waren die Regel, da Details der Mimik und Gestik große Bedeutung hatten und daher gut sichtbar sein mußten. Als Spielfläche im eigentlichen Sinn stellt man sich ein Quadrat von ca. 4 x 4 m oder ein Rechteck von ca. 7 x 4 m vor.

Bühnenbilder und Requisiten gab es nicht. Die Schauspieler evozierten durch ihre Gesten den Raum und den Wechsel von einem Ort zum andern. Die häufigen Bühnenanweisungen mit dem Verb *pari-kram* »umhergehen« meinen kein zielloses Gehen, sondern eben dieses Ausmessen und Bestimmen des Raums. Auch wenn die Personen des Dramas Blumen pflükken, Gießkannen tragen, einen Pfeil auflegen, in einem Wagen fahren, durch die Luft schweben – alles Beispiele aus »Śakuntalā« – sind ausschließlich Gesten, vor allem ein ausgefeiltes System von Hand- und Fußbewegungen, Mittel der Darstellung.

War die Bühne karg, so waren Kostüme und Schmuck um so üppiger. Die Tänzer und Tänzerinnen des heutigen Bharata Nāṭyam, vor allem aber die Personen des Kūṭiyāṭṭam-Theaters von Kerala, das in der Tradition des Sanskrit-Theaters steht, geben dem westlichen Betrachter einen Eindruck von der Erscheinung der Schauspieler und Schauspielerinnen des Sanskrit-Theaters. In der Regel entsprach das Geschlecht des Darstellenden dem Geschlecht der Rolle. Kostüm und Make-up kennzeichnen nicht nur Alter, Geschlecht, Herkunft, Rang und Beschäftigung der Person, sondern auch ihre Situation im Drama und ihre Stimmungslage. So trägt Śakuntalā im 1. und 3. Akt, der in einem Asketenhain spielt, ein Kleid aus Bast. Dieser für die Visualisierung wichtige Aspekt wurde schon in der indischen Tradition oft nicht beachtet. Im 4. Akt, wo sie sich für den Gang in die Residenz des Königs vorbereitet, wird sie mit Gewändern aus Leinen – die Kleider waren geschlungen, nicht genäht, und ließen die Arme frei – bekleidet und reich geschmückt. Als verstoßene Gattin im 7. Akt trägt sie graue Gewänder, ihr Gesicht ist ungeschminkt, die Lippen sind blaß; all dies ist dem Gedicht, mit dem der König seine Gefühle beim Wiedersehen beschreibt, zu entnehmen. Auch die Gewänder aus Bastgewebe werden wiederholt erwähnt, ja, sie vermitteln dem König den ersten Eindruck vom Asketendorf: Die Wege sind voll Wassertropfen, da diese Gewänder in den Teichen gewaschen und an den Bäumen zum Trocknen aufgehängt werden. Der Schmuck bedeckte die Brust. Ohrringe und Armbänder wurden auch von Männern getragen. Die Frauen schmückten sich zusätzlich mit Geschmeide um Hüften und Knöchel. Das *Nāṭyaśāstra* sah auch die praktische Seite: Der Schmuck durfte nicht schwer sein, da dies die Schauspieler zu sehr ermüdet hätte, er sollte deshalb nicht aus Gold, sondern aus Lack hergestellt werden.

Gesten ersetzten weitgehend die Requisiten und die Bewegung im Raum. Ihr Anwendungsfeld war aber breiter. Die Sprache des Körpers begleitete den gesprochenen oder rezitierten Text. Sie verdeutlichte ihn und verstärkte seine Wirkung. Dabei handelte es sich in der Regel nicht um einfache Nachahmung, sondern um ein stilisiertes System von Zeichen. Der ganze Körper war an diesem System beteiligt. Besonders wichtig waren die Positionen der Hände und Füße sowie die verschiedenen Arten des Gehens. Sie sind im *Nāṭyaśāstra* in allen Einzelheiten beschrieben und stellten einen wichtigen Teil der Schauspielkunst *(abhinaya)* dar. Die Sprache der Gesten konnte sich auch verselbständigen, begleitet von der immer präsenten Musik. Die Bühnenanweisungen sagen dann, daß ein bestimmter Vorgang »dargestellt« wird *(rūpayati, nāṭayati, nāṭyena)*, so wenn der König im 3. Akt beim Gang zum Fluß eine angenehme Brise spürt oder wenn die Freundinnen Śakuntalā den Schmuck anlegen. Wieweit sich eine solche mimische Darstellung vom Tanz, der im *Nāṭyaśāstra* auch beschrieben wird, unterschied, ist eine strittige Frage.

Die Durchdringung des gesprochenen Worts mit dem Körper schafft einen Gegensatz zum Verhalten des Menschen im Alltag. Das ist Absicht. Das Drama, dies macht das *Nāṭyaśāstra* klar, ist nicht natürlich. Die Künstlichkeit des Sanskrit-Theaters – man könnte von Verfremdung sprechen – zeigt sich auch auf andere Weise. So werden die Personen in der Regel angekündigt und beschrieben, bevor sie auftreten. Beobachter, die Vorgänge auf der Bühne kommentieren und durch Gebärdensprache verdeutlichen, sind häufig. Der König beobachtet im 1. und 3. Akt Śakuntalā und ihre Freundinnen, im 7. Akt seinen Sohn. Im 6. Akt wird er selbst Gegenstand der kritischen Betrachtung durch eine Apsaras, eine himmlische Tänzerin und Verführerin. Das Theaterstück wird zudem, nach der Anrufung eines Gottes, meistens Śivas, durch einen Prolog *(prastāvanā)* eröffnet, wo der Regisseur mit einer Schauspielerin oder einem Gehilfen das Stück und seinen Verfasser lobend vorstellt, über Inszenierungsfragen spricht und dann von den handelnden Personen von der Bühne gedrängt wird.

Die Aufführung der mit Mimik, Gestik, Tanz und Musik erweiterten Dramatexte brauchte viel Zeit. In der Regel konnte in einer Vorstellung nur ein Akt gezeigt werden, die Aufführung eines ganzen Dramas, das fünf bis zehn Akte zählte, beanspruchte mehrere Tage.

Zeremonien vor der Vorstellung gaben den Musikern und Schauspielern Gelegenheit, sich einzuspielen. Nach und nach versammelte sich das Publikum. Mit der Anrufung des Gottes begann die Vorstellung. Diese Segenssprüche *(nāndī)* bilden in der Regel auch den Anfang der Dramentexte, wie sie uns überliefert sind.

3. Sprache

Die Sprache des Sanskrit-Dramas ist durch zwei Differenzierungen gekennzeichnet: Sanskrit wechselt mit Prākrit, Prosa mit Vers, und zwar in beiden Sprachen.

Sanskrit *(saṁ-s-kṛta)* bedeutet »geordnet, zur Vollendung gebracht« und bezeichnet die altindische Sprache, wie die Grammatiker, vor allem Pāṇini (vor 350 v. Chr.), sie kodifiziert hatten. Zur Zeit Kālidāsas war Sanskrit bereits eine Kunstsprache. Es war die Sprache der Priester, Wissenschaftler, Gelehrten und Dichter. Von den Gupta-Herrschern wurde sie auch für Inschriften und offizielle Verlautbarungen verwendet. Im Drama sprechen Brahmanen, Asketen, Herrscher und ihre obersten Diener Sanskrit, Frauen, auch Göttinnen, und Angehörige unterer Schichten verschiedene Formen von Prākrit. Das Wort ist abgeleitet von *prakṛti* »Natur«. Prākrit, der Sprachstufe nach mittelindisch, war zu Kālidāsas Zeit ebenfalls bereits eine Literatursprache. Die Verwendung von Sanskrit und Prākrit dient nicht nur der Unterscheidung von Geschlecht und Stand, sondern auch der Kennzeichnung der Bildung einer Person. So spricht der *vidūṣaka,* der Gefährte des Königs,

Prākrit, obwohl er ein Brahmane ist. Der *vidūṣaka* ist eine komische Figur, klein, bucklig, kahl,mit vorstehenden Zähnen und geröteten Augen. Es wäre jedoch verfehlt, in ihm einen Hofnarren zu sehen. Er ist vielmehr der Antipode des Königs, sozial nicht untergeordnet, der ihm mit praktischen Ratschlägen zur Seite steht und durch triviale Bemerkungen die erotischen Höhenflüge des Königs bremst. Die komische Wirkung dieser Figur ergibt sich nicht zuletzt aus ihren brahmanischen Ansprüchen und der fehlenden Bildung, die im Gebrauch des Prākrit zum Ausdruck kommt. Gebildete Frauen, z. B. buddhistische Nonnen, sprechen Sanskrit.

Sanskrit steht auf einer frühen Stufe der indoeuropäischen Sprachentwicklung, ist hoch flektierend. Sanskrit kennt acht Nominalkasus, neben Singular und Plural den Dual in Nomen und Verb, Verbalpartizipien im Aktiv und Passiv, verbale Absolutiva. Zudem hat das klassische Sanskrit die Möglichkeiten der nominalen Komposition aufs höchste entwickelt. Lange, komplexe Beschreibungen können in ein Kompositum gefaßt werden. Alle diese Merkmale führen zu einer ungewöhnlichen Dichte des Ausdrucks. Die vierzeilige *kāvya*-Strophe besteht denn auch in der Regel nur aus *einem* Satz.

»Śakuntalā« zeigt typische Beispiele solcher Komposita. Das Gedicht des Regisseurs über den Sommer (Vorspiel) besteht ausschließlich aus vier komponierten Attributen zum Subjekt »Tage«. Davon sind drei Possessivkomposita. Wörtlich wird im Gedicht z. B. gesagt: »Die Tage sind solche, die Waldwinde haben, die vom Streifen über Trompetenblumen wohlriechend sind.« Während spätere Dichter wie Bhavabhūti (erste Hälfte 8. Jh. n. Chr.) Komposita bildeten, die sich über eine ganze Gedichthälfte erstrecken, setzt Kālidāsa, der »Klassiker«, dieses Instrument der Sprache gezielt und maßvoll ein. Komposita finden sich auch in der Prosa, als Ausdruck überlegener Bildung vor allem beim König. Wohl ein bewußtes Stilmittel ist die Verwendung von Komposita im Prākrit. Sie tauchen auf, wenn die Freundinnen Śakuntalās sich ausgesucht höflich an den König wenden (1. und 3. Akt), oder im 5. Akt, wo die zornige Śakuntalā ihren treulosen Liebhaber mit vernichtenden Worten charakterisiert: »gehüllt in den Panzer des Rechts« (erstes Kompositum) gleicht er einer »mit Gras bedeckten Brunnengrube« (zweites Kompositum). Die blumigen Wortgebilde des *vidūṣaka* dagegen dienen der komischen Wirkung.

Die Gedichte haben eine tragende Rolle im Text. Sie geben die Gefühle der Personen wieder, verankern Angelpunkte der Handlung, verbreiten Einsichten und machen anschaulich, was auf der Bühne nicht erscheint oder nur in Andeutungen dargestellt wird. Wie die Gedichte vorgetragen wurden, weiß man nicht genau. Es ist nicht anzunehmen, daß sie gesungen wurden. Nur bei einzelnen Prākrit-Gedichten lautet die Bühnenanweisung »(Sie) singt«. Die Gedichte stehen, wie früher gesagt, in der *kāvya*-Tradition. Die Ästhetik von *kāvya* kreist um die vierzeilige Strophe. Es ist eine Ästhetik des Mikrokosmos, der Verdichtung. Der Verfasser will in der Strophe eine inhaltlich komplexe, ja verwirrende, aber letztlich schlüssige Idee ausführen. Die Schmuckmittel der Dichtung, die *alaṁkāras,* zielen alle in diese Richtung. Die frühe Poetik (7. bis 10. Jh. n. Chr.) beschäftigte sich in erster Linie mit den Schmuckmitteln. *Alaṁkāraśāstra* ist der Name für Poetik. Schmuckmittel sind z. B. *svabhāvokti* »Beschreibung einer Erscheinung, wie sie ist«, *vyatireka* »Kontrastierung«, *atiśayokti* »Ausdruck, der eine Übertreibung enthält«, *upamā* »Vergleich zweier verschiedener Dinge durch eine Eigenschaft, die sie verbindet«, *rūpaka* »metaphorische Identifikation« und viele mehr. Ein Beispiel für *upamā* ist das Gedicht im 5. Akt, wo der König sich in seiner Unsicherheit gegenüber Śakuntalā mit einer Biene vergleicht, die um eine von Tau bedeckte Blüte kreist. Metaphern, z. B. Augen-Lotos »Auge = Lotos«, kommen dagegen in »Śakuntalā« wenig vor. Von diesen Sinn-Schmuckmitteln *(artha-alaṁkāra)* werden die Laut-Schmuckmittel *(śabda-alaṁkāra)* unterschieden. Es sind vor allem die Alliteration *(anuprāsa)* und die Wiederholung gleichlautender Silbenfolgen, eine Art Binnenreim *(yamaka).* Endreim kannte *kāvya* erst in der Spätzeit. Eine besondere Stellung unter den Schmuckmitteln hat *śleṣa* »Mehrdeutigkeit«. Sanskrit ist reich an Wörtern, die verschiedene Bedeutungen zeigen. Die Dichter haben davon häufig Gebrauch gemacht, sei es in Verbindung mit anderen *alaṁkāras,* sei es, indem sie mit einem Gedicht verschiedene Aussagen machten. Die Theoretiker der Poesie haben auch die Themen der Dichtung kodifiziert. So werden z. B. die Jahreszeiten mit immer wiederkehrenden Bildern verbunden, der Frühling mit dem Ruf des Kuckucks, den Bienen, der Blüte bestimmter Pflanzen, die Regenzeit, besonders reich an Assoziationen, mit dunklen Wolken, hellen Blitzen, tanzenden Pfauen, schweren Düften, Frauen auf Gängen zu nächtlichen Liebestreffen. Die Kunst des Dichters bestand darin, diese vorgegebenen Bilder zu etwas Neuem, Überraschendem zu gestalten.

Die Versmaße werden von den Theoretikern als gegeben angenommen. Sie tragen so blumige Namen wie »Tigerspiel«, »Frühlingsschmuck«, »Die-Langsam-Schreitende«. Die Zeile zählt je nach Versmaß 11 bis 27 nach Länge und Kürze definierte Silben. Es gibt daneben auch Versmaße, die als Basis die More (kurze Silbe) haben, so der in »Śakuntalā« häufig vorkommen *Āryā*-Vers. Eine lange Silbe entspricht zwei Moren und kann durch zwei kurze Silben ersetzt werden.

Die *alaṁkāra*-Poetik, verbunden mit Namen wie Daṇḍin (7./8. Jh. n. Chr.), Rudraṭa (9. Jh. n. Chr.), analysierte die Sprache. Daneben gab es jedoch mit dem *Nāṭyaśāstra* eine ältere Ästhetik, die das Visuelle einbezog und berücksichtigte, daß das Kunstwerk an einen bestimmten Zeitraum gebunden ist. Hier hat der Begriff *rasa* Bedeutung erlangt.

1. *Rasa: Dramaturgie und Poesie*

Für die Inhalte ihrer Dramen griffen die Sanskrit-Dichter weitgehend auf die Mythen der großen Epen Mahābhārata und Rāmāyaṇa sowie auf alte Erzählliteratur zurück. Das Publikum kannte somit die Geschichte (*iti-ha-āsa* »So war es«), im Drama erfuhr es, wie sie sich abspielte (*iti-vṛtta* »So geschah es«). Kern diese Wie ist *rasa,* die bestimmende Kategorie des Sanskrit-Dramas.

Das *Nāṭyaśāstra* verbindet *rasa* mit zahlreichen Begriffen, Kategorisierungen, Vergleichen. Die Definition besagt, daß *rasa* aus der Verbindung von bestimmenden Elementen, *vibhāvas* (im Kontext des Erotischen z. B. die Geliebte, der Frühling), den daraus folgenden Elementen, *anu-bhāvas* (z. B. zärtliche Blicke) und den begleitenden Zuständen, *vyabhicāri-*

bhāvas, (z. B. Verlegenheit) entsteht. Diese nicht gerade schlüssige Definition hat nach weiterführenden Theorien gerufen. *Rasa* bedeutet wörtlich »Saft, Geschmack«. Daraus entsprangen Versuche, *rasa* durch Analogien zum Genuß der Speisen zu fassen. Hier sei lediglich festgehalten, daß *rasa* nicht nur ein Element des Dramas ist, sondern auch einen genußfähigen Zuschauer voraussetzt.

Rasa ist die ästhetische Erfahrung der Einheit des Dramas, Einheit auf der Ebene der Handlung, die vom Helden bestimmt wird, Einheit in der Vermittlung der Handlung durch Sprache, Gestik, Musik, Ausstattung. *Rasa* wird nicht von der Handlung hervorgerufen, sondern die Handlung veranschaulicht *rasa.* Als ästhetische Erfahrung einer Einheit bereitet *rasa* Freude, Genuß. Dieser Vorgang verlangt jedoch auf der Seite des Zuschauers eine innere Bereitschaft. Der Adressat von *rasa* ist der *sa-hṛdaya,* der Zuschauer, der, wörtlich, »mit dem Herzen dabei ist«. Für ihn ist die Erfahrung von *rasa* auch Erfahrung seines eigenen Wesens. Dabei spielt die Erinnerung eine wichtige Rolle. »Śakuntalā«, ein Drama des Erinnerns und Nicht-Erinnerns, enthält in dieser Hinsicht eine Schlüsselstelle.

Der König hört zu Beginn des 5. Aktes das Lied einer früheren Favoritin, die über ihre Zurücksetzung klagt. Er fühlt sich voll Sehnsucht, obwohl er, wie er sagt, »nicht von einem geliebten Menschen getrennt ist«, und obwohl die Klage der Vergessenen ihn kalt läßt. Im folgenden Gedicht schreibt er sein Gefühl einer Leidenschaft in einem früheren Leben zu. Nach der ästhetischen Theorie, die Abhinavagupta, der Kommentator des *Nāṭyaśāstra,* zu dieser Stelle entwickelt hat, erfährt der Zuschauer die Stimmung des Eros als unmittelbare Anschauung. Er erinnert sich, wie auf der Bühne der König, nicht einer konkreten Liebe, sondern des Gefühls Liebe »an sich«, losgelöst von Subjektivität. *Rasa* als ästhetische Erfahrung ist unmittelbar und universal. *Rasa* hat an der zitierten Stelle aber auch eine dramatische Funktion: Der König ist ja, ohne sich dessen bewußt zu sein, von einer geliebten Person getrennt, nämlich von Śakuntalā. *Rasa* nimmt also Bezug auf die Entwicklung der Handlung. Im Deutschen wird *rasa* mit »Stimmung« oder »Gestimmtheit« wiedergegeben.

Rasa wird nicht als Genuß an sich wahrgenommen, sondern ist immer gefärbt von den Gefühlen, aus denen die Handlung hervorgeht. Entsprechend den acht Grundgefühlen werden acht *rasas* unterschieden: der erotische *(śṛṅgāra)*, komische *(hāsya)*, fürchterliche *(raudra)*, mitleidige *(karuṇa)*, heldische *(vīra)*, wunderbare *(adbhuta)*, abstoßende *(bībhatsa)* und furchtsame *(bhayānaka) rasa*. Der friedliche *(śānta)* als neunter *rasa* hat nicht spezifisch dramatische Funktion. Der Charakter von *rasa* als ästhetische Erfahrung ist der Grund dafür, daß auch Schrecken und Trauer dem Zuschauer Genuß bereiten können.

Die wichtigste Stimmung ist die erotische. In den Hauptformen des Dramas, dem *nāṭaka*, das einen mythischen Inhalt hat, und dem *prakaraṇa*, dessen Stoff der Dichter erfunden hat, steht die erotische – neben anderen Stimmungen, die auch gezeigt werden sollen – im Gegensatz zur heldischen Stimmung. Duṣyanta, der Held von »Śakuntalā«, verkörpert beide Elemente.

Charakteristisch für das Sanskrit-Drama ist die Tatsache, daß der Held, *nāyaka* – entsprechend den Quellen ist die männliche Rolle Gegenstand der Darlegungen – das Drama bestimmt, nicht umgekehrt. Das Drama ist so gestaltet, daß es dem Helden erlaubt, seinem Charakter gemäß zu handeln. Dieser bleibt dabei unverändert. Der Held ist der Vertreter des *dharma*, ein positiver Held, und führt das Drama zu seinem – folgerichtig – glücklichen Ende. Die Vorzüge des Helden sind überwältigend. Er ist nicht nur eine strahlende Erscheinung, sondern auch tapfer, großzügig, standhaft. Wo der mythische Held Mängel aufweist, führt der Dichter Elemente ein, die ihn zum Dramenhelden tauglich machen. Der Fluch des Durvāsas in »Śakuntalā« ist ein solcher Kunstgriff. Er befreit den König vom Makel, entweder vergeßlich oder skrupellos oder ein kalter Politiker zu sein, alles Eigenschaften, die ihm im Epos, je nach Textüberlieferung und Interpretation der Episode, zugeschrieben werden müssen.

Die bestimmende Rolle des Helden bedeutet jedoch nicht, daß Handlung und Dramaturgie im Sanskrit Drama ohne Bedeutung wären. Im Gegenteil, das *Nāṭyaśāstra* handelt diese Themen scharfsinnig ab. Ein Drama läßt sich nach dem *Nāṭya-*

śāstra in drei Ebenen analysieren. Die erste *(avasthā)* unterscheidet die Handlungen und Situationen des Helden in fünf Stufen. Die zweite *(arthaprakṛti)* beschreibt in fünf Stufen die Entwicklung des Stoffes. Die dritte *(saṁdhi)* zeigt, ebenfalls in fünf Stufen, die Verbindung der beiden im Text. In den *saṁdhis* kristallisiert sich die Geschichte als Darstellung, unterscheidet sich vom realen Geschehen. Die *saṁdhis* illustrieren den *rasa* durch die Handlungen der Charaktere des Dramas. Beispiele aus »Śakuntalā« sollen dies verdeutlichen. Die Begegnung von Duṣyanta und Śakuntalā wird im *mukha saṁdhi* (*mukha* »Gesicht, Anfang«) dargestellt (1. Akt). Im 2. und 3. Akt suchen der König und Śakuntalā auf getrennten Wegen nach der Verwirklichung ihrer Liebe. Das ist der *pratimukha saṁdhi,* zu übersetzen etwa mit »Antwort, Reaktion«. Während im 1. Akt *śṛṅgāra rasa* mit dem *vīra rasa,* dem Charakter des Königs als dharmischer Held, im Widerstreit steht (er fragt sich, ob seine Liebe zu Śakuntalā überhaupt erlaubt sei), herrscht im 2. und 3. Akt der erotische *rasa* in der Form von Liebestrennung *(vipralambha-śṛṅgāra)* und Liebesvereinigung *(saṁbhoga-śṛṅgāra),* wobei die sexuelle Komponente überwiegt. Der Teil des Dramas, wo die angelegten Keime sich entwickeln, heißt *garbha saṁdhi* (*garbha* »Schoß«). Er umfaßt den 4. und erstreckt sich bis in den 5. Akt, bis zum Moment, wo Śakuntalā der Schleier abgenommen wird. Der *rasa* des Zorns ist angedeutet durch den nur indirekt dargestellten Fluch des Durvāsas. Auf der Bühne überwiegt *vipralambha-śṛṅgāra.* Nicht nur ist Śakuntalā vom König getrennt, sie muß sich auch von den Objekten einer umfassenderen Liebe, dem Pflegevater, den Freundinnen, den Tieren und Pflanzen des Asketenhains, trennen. Mit der Entschleierung ändert sich die Stimmung: Die mögliche Vereinigung wird zur Entzweiung. Ab hier gilt der *vimarśa saṁdhi,* das »Wiederbedenken«. Er illustriert die Wandlung des *rasa* Liebe über Zorn und Trauer zum erfüllten, mit dem dharmischen Charakter des Königs in Einklang stehenden Gefühl im *nirvahaṇa saṁdhi* (*nirvahaṇa* »Erfolg«) des 7. Akts. Die Objektivierung der Handlung durch die Gliederung in *saṁdhis* ermöglicht dem Zuschauer, die Gefühle als bedingte, dargestellte, eben als *rasa* zu erfahren.

Es erstaunt nicht, daß die altindischen Gelehrten es unternahmen, die Ästhetiken des Gedichts und des Dramas zusammenzuführen. Das geschah im 9. Jh. n. Chr. durch die Theorie von *dhvani. Dhvani,* wörtlich »Ton«, wird mit »Evokation« übersetzt. *Dhvani* steht für den *rasa,* diejenige Dimension des Gedichts, die über Wohllaut und Bildhaftigkeit hinausgeht. Hauptwerk der *Dhvani*-Theorie ist der *Dhvanyāloka* des kaschmirischen Gelehrten Ānandavardhana (zweite Hälfte 9. Jh. n. Chr.). Ānanda hielt fest, daß *rasa* nicht direkt ausgedrückt werden kann, sondern nur auf dem Weg über *dhvani.* Es geht um die Evokation einer Bedeutung, die jenseits der Aussage des Gedichts liegt. Dies kann auf eine Weise geschehen, daß der Leser sich beider Ebenen bewußt ist. Ein Beispiel ist das bereits erwähnte Gedicht des Königs aus dem 5. Akt.

Ob ich dieser fremden,
schönen Gestalt
durch Heirat verbunden bin?
Ich weiß es nicht.
So geht es mir wie einer Biene,
die am frühen Morgen um den Jasmin kreist:
Tau verdeckt den Nektar.
Ich kann nicht nehmen –
aber auch nicht lassen.

Das dichterische Ziel wird nach Ānanda dann erreicht, wenn der Leser keinen Abstand zwischen beiden Bedeutungsebenen wahrnimmt. Das ist *rasa.* Mit seiner Auffassung von *rasa* hat Ānanda als erster der Theoretiker ein Kriterium für die Schönheit des Gedichts entwickelt. Beispiel seien die Verse, in denen der König die zornige Śakuntalā beschreibt.

5. Akt

KÖNIG

Als ich unerbittlich –
denn ich erinnere mich wirklich nicht –
ein liebevolles Einverständnis zwischen uns
zurückwies,
zog zornig
über Flammenaugen
die Brauen sie zusammen:
Smaras Bogen brach.

Das Gedicht verwendet *śleṣa: smara* heißt »Liebesgott«, deshalb die Verbindung zum Bogen, es heißt »Liebesleidenschaft«, und es heißt »Erinnerung«. Die Schönheit des Gedichts besteht jedoch darin, daß der Leser unmittelbar den Wandel von Liebe in Zorn vor Augen hat.

Im Gedicht eines Schülers von Kaṇva, dem Pflegevater von Śakuntalā, zu Beginn des 4. Aktes wird die Vergänglichkeit des Schönen im *rasa* Liebestrennung evoziert. (Die Rede ist hier von einer Gattung Lotos, die nur nachts blüht.)

4. Akt

SCHÜLER

Wenn der Mond sich verbirgt,
schmeichelt sogar der Lotosteich
meinem Auge nicht mehr.
Der Erinnerung
gehört seine Schönheit.
So tragen zarte Frauenblüten
die Ferne des Liebsten
als herben Schmerz.

Die beiden Zeilen in der Mitte enthalten den Kern des Gedichts: »Der Erinnerung gehört seine Schönheit.« Unmittelbar nach dem Gedicht tritt Anasūyā, Śakuntalās Freundin, auf und führt lebhaft Klage darüber, daß der König all diese Zeit nicht einmal einen Brief geschickt hat. Gedicht und Prosa gehen ineinander über in der beherrschenden ästhetischen Kategorie von *rasa*.

5. *Werke und Dichter*

Die frühesten Dramen, nur in Fragmenten überliefert, stammen vom buddhistischen Dichter Aśvaghoṣa (erste Hälfte 2. Jh. n. Chr.). Das am besten erhaltene Werk mit dem Titel »Śāriputraprakaraṇa« zeigt die Hinwendung des Śāriputra und eines weiteren Brahmanen zum Buddhismus. Das zweite Fragment verbindet allegorische Figuren mit dem Auftritt des Buddha. Im dritten Fragment kommt eine Hetäre vor. Die Bruchstücke erlauben die Feststellung, daß wesentliche Züge, die das *Nāṭyaśāstra* beschreibt, für Aśvaghoṣa bereits bestimmend waren, so der Wechsel zwischen Prosa und Vers, Sanskrit und Prākrit sowie die Figur des *vidūṣaka*.

In einem seiner Dramen erwähnt Kālidāsa einen Dichter namens Bhāsa als berühmten Vorgänger. Gemäß dem Dichter und Theoretiker Rājaśekhara (9./10. Jh. n. Chr.) verfaßte Bhāsa ein Drama mit dem Titel Svapnavāsavadattā »Vāsavadattā (erscheint dem Geliebten) im Traum«. Die Auffassung, daß dreizehn Anfang des 20. Jh. in Südindien gefundene anonyme Sanskritdramen, darunter ein Drama »Svapnavāsavadattā«, von Bhāsa stammen und ins 3. oder 4. Jh. n. Chr. fallen, läßt sich heute nicht mehr halten. Wahrscheinlich sind verschiedene Verfasser anzunehmen, und die Dramen können kaum vor dem 5. Jh. n. Chr. entstanden sein. Dies ändert nichts an der literarischen Bedeutung dieser sogenannten Trivandrum-Schauspiele. Hervorzuheben ist das einaktige Drama Ūrubhaṅga »Das Zerschmettern der Schenkel«. Der Inhalt stammt aus dem Māhābhārata. Durch einen üblen Verstoß gegen die Kriegsregeln – das Zertrümmern der Beine mit der Keule – ist der König Duryodhana besiegt worden. Während aber im Epos die grausame Rache im Sinn des sterbenden Duryodhana ihren Lauf nimmt, stellt das Drama den König im Kreis seiner Familie als einen in sein Schicksal ergebenen Helden dar, der zur Versöhnung aufruft und selbst verzeiht. Die Gestimmtheit des Mitleids ist mit derjenigen des Heldischen eng verknüpft. Im Drama »Svapnavāsavadattā«, das sechs Akte zählt, werden die Gefühle zweier um einen Mann rivalisierender, aber edelgesinnter Frauen subtil gezeichnet. Die schließliche Eintracht der beiden Frauen verlangt vom westlichen Leser etwas Einfühlung in die Praxis der Polygamie.

Auch außerhalb Indiens bekannt ist das Drama Mṛcchakaṭikā, »Das irdene Wägelchen«. Es wird einem Dichter Śūdraka zugeschrieben und ins 3./4. Jh. n. Chr. angesetzt. Heldin ist eine begüterte Hetäre, Vasantasenā, die den armen Brahmanen Cārudatta liebt. Wenn sie in Versen spricht, verwendet sie Sanskrit. Das Stück gibt Einblick in den Stand der Hetären, die großen Reichtum anhäufen konnten, sozial aber verachtet waren. Die Liebenden werden Opfer von Gewalt und Betrug, erst durch einen politischen Umsturz ist das glückliche Ende möglich: Vasantasenā wird zur ehrbaren Frau ernannt und kann Cārudatta heiraten. Inhaltlich fällt das Stück durch sein Mitgefühl für die Unterdrückten auf. Die poetischen Passagen (z. B. die Beschreibung eines Gewitters im 5. Akt) sind in ihrer – relativ – einfachen Sprache bezaubernd.

Hinsichtlich Dramatik und sparsamer Verwendung poetischen Schmuckes kann dem »Irdenen Wägelchen« das politische Drama Mudrārākṣasa »Rākṣasa und sein Siegelring« von Viśākhadatta zur Seite gestellt werden. Frauen und erotischer *rasa* spielen in dem Stück keine Rolle. Neben dem heldischen dominiert der *rasa* des Schreckens, denn die Intrigen und Kämpfe, die Cāṇakya und Rākṣasa, Kanzler zweier verfeindeter Herrscher, anzetteln, sind furchterregend und grausam. Rākṣasa, der noch einen Rest menschlicher Empfindung hat, opfert sich auf und sichert so das gute Ende des Stücks. Die Datierung ist umstritten. Manche sehen in Viśākhadatta einen Zeitgenossen Kālidāsas, andere kommen zum Schluß, daß das Stück in der Mitte des 9. Jh. n. Chr. geschrieben wurde.

Zeit und Ort von Kālidāsas Wirken sind bereits genannt worden. Neben »Śakuntalā« (genau Abhijñānaśākuntala[ṁ nāṭakam] »Das Drama ›Śakuntalā und das Wiedererkennungszeichen‹«) schrieb er die Dramen Vikramorvaśī »Urvaśī, durch Tapferkeit gewonnen« und »Mālavikā und Agnimitra«. Die Liebesgeschichte zwischen der Apsaras Urvaśī und dem König Purūravas ist ältesten Ursprungs, »Mālavikā und Agnimitra« dagegen behandelt einen höfischen Stoff, der aus Kālidāsas Zeit stammen konnte. Kālidāsas Sprache ist kunstvoller als die seiner Vorgänger. Er ist ein Meister auf dem Feld der Vergleiche, seine Ausdruckweise ist oft abstrakt, ja philosophisch, der Wohllaut seiner Sprache mitreißend. Kālidāsa gelingt es, die verschiedenen Personen in ihren Versen zu unterscheiden (s. S. 13 f., S. 29). Seine Dichtung atmet Sinnlichkeit und ein lebendiges Naturgefühl.

Klassiker des Sanskrit-Dramas sind auch Harṣadeva, Bhavabhūti und Bhaṭṭa Nārāyaṇa. Harṣa war 606–647 n. Chr. König über einen großen Teil Nordindiens und residierte in Kanauj (im heutigen Uttar Pradesh). Seine Dramen Ratnāvalī und Priyadarśikā lehnen sich an die Thematik von »Mālavikā und Agnimitra« an: Eine junge Prinzessin gelangt durch unglückliche Umstände in eine dienende Stellung im Harem des Königs, für den sie als Frau bestimmt ist. Der König verliebt sich in sie. Dies führt zu Konflikten mit den führenden Damen des Harems. Die Schwierigkeiten werden jedoch überwunden. Harṣas Drama »Die Wonne der Nāgas« ist durch seine Vermischung von Śivaismus und Buddhismus bemerkenswert.

Der Inhalt von Bhaṭṭa Nārāyaṇas Werk Veṇīsaṁhāra »Das Aufbinden der Haare« (wahrscheinlich 7. Jh. n. Chr.) stammt aus dem Mahābhārata: Die erniedrigte, an den Haaren als Opfer herbeigeschleppte Draupadī gelobt, die Haare nicht eher wieder aufzubinden, als bis sie gerächt sei. Dies geschieht. Bhaṭṭa Nārāyaṇa gebraucht den voll entfalteten *kāvya*-Stil: schwer befrachtete Vergleiche, lange Komposita. Die dramatischen Geschehnisse werden fast ausschließlich in Beschreibungen vermittelt. Die Sprache ist jedoch kraftvoll, der kriegerischen Atmosphäre angemessen. Die Charaktere sind treffend gezeichnet. Schon die indischen Poesiekritiker haben festgestellt, daß die Liebesszene im Stück fehl am Platz ist, einen *rasa*-Bruch bewirkt. Der Verfasser hatte die Vorschriften des *Nāṭyaśāstra* zu wörtlich befolgt.

Bhavabhūti steht für die indische Tradition als Dramatiker so hoch wie Kālidāsa. Er stammte aus einer alten südindischen

Brahmanenfamilie und wirkte wahrscheinlich am Hof des Königs Yaśovarman in Kanauj in der ersten Hälfte des 8. Jh. n. Chr.

Bhavabhūti hat in zwei Werken die Rāma-Geschichte behandelt, im Mahāvīracarita »Das Leben des großen Helden« und im Uttara-rāmacarita »Der zweite Teil von Rāmas Leben«. Vor allem das zweite Werk, das die politisch begründete Verbannung Sītās, der treuen Gattin Rāmas, zum Thema hat, gibt Bhavabhūti Gelegenheit, die Gattenliebe poetisch und einprägsam zu beschreiben und den *rasa* des Mitleids zu entfalten. Rāma und Sītā sind plastisch charakterisiert, Rāma als Herrschergestalt, Sītā als ein Wesen, das über allem Niedrigen schwebt. Bhavabhūti liebt das Wilde, Bedrohliche ebenso sehr wie das Sanfte und Zärtliche. Das zeigt sich in seinen Naturschilderungen, die zum Schönsten gehören, was in *kāvya* zu finden ist. Bhavabhūti ist der Meister der langen Nominalkomposita. Seine Konstruktionen sind jedoch exakter sprachlicher Ausdruck seiner heftigen Gefühle, berauschenden Naturerfahrungen, abstrakten Gedankenfolgen und daher poetisch überzeugend. Bhavabhūti versenkt sich in die Psyche seiner Figuren. Darin ist er ein Neuerer. So hat er uns auch, im Prolog zu seinem dritten Drama, dem *prakaraṇa* »Mālatī und Mādhava«, Einblick in sein eigenes Herz gegeben und wird als Dichterpersönlichkeit faßbar: Überzeugt von seinem Können, aber einsam, erwartet er von seinen Zeitgenossen nicht allzu viel, sondern hofft auf eine verwandte Seele in ferner Zukunft.

Der bereits erwähnte Dichter Rājaśekhara (9./10. Jh. n. Chr.) schrieb ebenfalls Dramen mit epischem oder höfischem Stoff. Von den letzteren ist »Karpūramañjarī« bemerkenswert; es ist ganz auf Pākrit verfaßt.

Wie aus dem Vorhergehenden erhellt, passen die Begriffe »Tragödie« und »Komödie« aufs Sanskrit-Drama nicht. Hingegen kenn das *Nāṭyaśāstra* den derben Schwank, *prahasana* (frei übersetzt: »Etwas zum Lachen«). Ein *prahasana,* das einen König zum Verfasser hat, ist aus dem ersten Viertel des 7. Jh. n. Chr. überliefert. Das Stück kreist um einen śivaitischen Bettler und seine Herzensfreundin, die sich, meistens betrunken, mit einem buddhistischen Mönch pseudotheologisch, aber auch handgreiflich auseinandersetzen. Ein weiteres *prahasana,* das im 7. Jh. n. Chr. belegt ist, zeigt die Vertauschung der Seelen eines Asketen und einer Hetäre. Beispiele aus späteren Epochen (12.–17. Jh. n. Chr.) nehmen, durchwegs mit starker Erotik durchsetzt, auch die Herrscher aufs Korn. Die Gattung zählt ein bis zwei Akte und folgt den Regeln des *kāvya*-Stils.

Das *Nāṭyaśāstra* zählt noch weitere Kategorien von Dramen auf. Es entsteht allerdings der Eindruck, daß einzelne Typen auf wenige, heute verlorene Werke zurückgehen. Von Interesse ist der einaktige *bhāṇa,* ein Monolog. Der Darsteller unterhält sich mit nicht auf der Bühne anwesenden Personen. Indem er deren Worte wiederholt, entsteht ein Gespräch. Die frühesten *bhāṇas* stammen vom Beginn des 7. Jh. n. Chr. Die Technik wird auch im Drama, z. B. in »Śakuntalā«, angewendet, so vom Schüler zu Beginn des 3. Akts und von Mātali, dem Wagenlenker Indras, im 7. Akt.

6. Übersetzung

Die erste Frage, die sich bei der Übersetzung stellt, ist diejenige nach der Behandlung der Gedichte. Jones und Forster haben die meisten Gedichte in Prosa wiedergegeben, die späteren Übersetzer haben am Wechsel von Prosa und Vers, diesem Charakteristikum des Sanskrit-Dramas, in der Mehrzahl festgehalten. Wieweit dabei die metrischen Passagen wirklich Poesie wurden oder ein Schattendasein als »gebundene Rede« fristen, soll offen bleiben. Mir war es ein wichtiges Anliegen, Kālidāsas Gedichte als poetische Schöpfungen zur Geltung zu bringen.

Es ist klar, daß die Versmaße nicht wiedergegeben werden können. Häufungen von bis zu sechs kurzen Silben lassen sich ins Deutsche, wo anstatt kurzer und langer unbetonte mit betonten Silben wechseln, nicht übernehmen. Die Verszeilen im Sanskrit sind zum Teil lang. Es folgt daraus, daß das Gedicht im Deutschen nicht auf die vier Zeilen, die im Sanskrit Regel sind, beschränkt werden kann. Auch die sprachliche Dichte des Sanskrit (vgl. Kapitel 3) verunmöglicht dies. Ich habe rhythmische, frei gebaute Strophen gewählt. Die Länge der Zeile ist variabel, im Gegensatz zum Sanskrit, und wird zum poetischen Mittel. Klassische Blankverse habe ich den Herolden im 5. Akt in den Mund gelegt. Ebenfalls regelmäßig gebaut, mit sechs Zeilen zu drei Hebungen, ist das Gedicht Kaṇvas im 4. Akt, das er gemäß Bühnenanweisung in einem Versmaß des Rigveda spricht.

Von Endreim habe ich abgesehen, da *kāvya,* wie gesagt, kaum Endreim kennt. In den Prākrit-Liedern und -Gedichten habe ich dagegen Endreim eingesetzt, allerdings bewußt nicht durchgehend.

Als Beispiele für den unterschiedlichen Stil von Prākrit und Sanskrit in der Übersetzung mögen die in Gedichtform gefaßten Liebesbekenntnisse Śakuntalās und des Königs aus dem 3. Akt dienen.

3. Akt

ŚAKUNTALĀ *liest ihren Liebesbrief vor*

tujjha ṇa āṇe hiaaṁ mama uṇa kāmo divā vi rattiṁ pi |
ṇigghiṇa tavei baliaṁ tui vuttamaṇorahāi aṅgāiṁ ||

Kenn' ich dein Herz, grausamer Mann?
Mein Herz, das sich vor dir nicht retten kann,
lodert vor Liebe Tag und Nacht.

KÖNIG *plötzlich aus seinem Versteck hervortretend*

tapati tanugātri madanas tvām aniśaṁ māṁ punar dahaty eva |
glapayati yathā śaśāṅkaṁ na tathā hi kumudvatīṁ divasaḥ ||

Du zartes Wesen, in dir lodert Leidenschaft,
mich aber zehrt sie auf.
Verblaßt der Lotos
im Tageslicht – der Mond
verlischt.

Śakuntalās Aussage ist direkt, wenn auch sprachlich keineswegs anspruchslos. Dem trägt die Übersetzung durch den Endreim in der ersten und zweiten Zeile und die Variation in der Länge der Zeilen Rechnung. Der König dagegen spricht in einem Vergleich, um seine noch größere Leidenschaft zu beschreiben: Das Tageslicht läßt den Nachtlotos blaß werden (die Blütenblätter schließen sich), den Mond aber ganz verschwinden. Da Duṣyanta dem Mondgeschlecht entstammt, geht der Vergleich restlos auf. Śakuntalā und der König verwenden Versmaße, die weitgehend identisch sind, im Deutschen ist der Rhythmus der beiden Strophen verschieden, weil sie verschiedene Sprachen wiedergeben.

Ein weiteres Prākrit-Beispiel, das bereits im 3. Kapitel besprochene Lied der früheren Favoritin des Königs, illustriert verschiedene Übersetzungsfragen.

5. Akt

Man hört ein Lied.

ahiṇavamahuloluvo tumaṁ
taha paricumbia cūamañjariṁ |
kamalavasaimettaṇivvuo
mahuara vimhario si ṇaṁ kahaṁ ||

Schmetterling, du,
heiß begehrend
eine stolze Blume,
hast die Orchidee geküßt.
Wie geschieht es, daß du sie vergißt,
friedlich gaukelnd
über Veilchen?

Die lieblichen, klangvollen Prākrit-Verse zeigen keinen Endreim. Ich habe jedoch die Schlüsselbegriffe des Liebens und Vergessens durch einen Reim verbunden. Um den Inhalt anschaulich zu machen, mußte ich einiges umgestalten. Der König wird mit einer Biene verglichen. Dieses Insekt wird im Sanskrit und Prākrit mit einem maskulinen Nomen bezeichnet, was die zahlreichen erotischen Anspielungen um die Biene erklärt, so auch die Bienenszene im 1. Akt von »Śakuntalā«. Die Biene hat, gemäß Prākrittext, die Blüte des Mangobaums geküßt, gibt sich nun aber mit dem Verweilen im Lotos zufrieden. Die Gegenüberstellung von Mangoblüte und Lotos ist für den westlichen Leser nicht pägnant. Um dem Gedicht seine Wirkung zu belassen, mußte ich andere Blumen wählen.

Auf das Lied folgt, nach einem Intermezzo zwischen König und *vidūṣaka,* das Gedicht des Königs über die Erfahrung des Schönen und die Rolle der Erinnerung.

5. Akt

KÖNIG

ramyāṇi vīkṣya madhurāṁś ca niśamya śabdān
paryutsukībhavati yat sukhito 'pi jantuḥ |
tac cetasā smarati nūnam abodhapūrvaṁ
bhāvasthirāṇi bhavanāntarasauhṛdāni ||

Ein lieblicher Anblick,
ein gewinnender Klang –
auch im glücklichen Menschen
wecken sie brennende
Sehnsucht,
Erinnerung,
dem Denken nicht bewußt,
an Leidenschaft in einem früheren Leben,
eingegraben ins Herz.

In diesem Gedicht finden sich keine Vergleiche. Die Komposita sind nur zwei- bis dreigliedrig, inhaltlich konzis. Der Wohlklang des Sanskrit entfaltet sich reich, ist aber beherrscht. Besonders die erste Zeile hat etwas Zartes, Schwebendes, einen Zauber, dem man sich nicht entziehen kann. Die Übersetzung hebt den inhaltlichen Kern des Gedichts durch die Zusammenführung von »Sehnsucht« und »Erinnerung« hervor. Mit den starken Ausdrücken von »brennender« Sehnsucht, Leidenschaft, die »eingegraben« ist, will sie die tiefen Gefühle, denen das Gedicht bei aller Abstraktion Ausdruck verleiht, lebendig werden lassen. Sie folgt dabei dem Gang des Dramas. Die folgende Bühnenanweisung lautet nämlich: »Er (der König) ist bewegt.«

Auch die Prosa zeigt verschiedene Färbungen, denen die Übersetzung nachspüren will. Die gewählte Ausdrucksweise der Freundinnen dem König gegenüber wurde im 3. Kapitel, »Sprache«, erwähnt. Śakuntalās Sprache ist natürlich, aber differenziert (z. B. am Ende des 3. Aktes). Die Prosa des Königs spiegelt die Umstände wider: zärtlich im Werben um Śakuntalā (3. Akt), distanziert in offiziellen Funktionen (5. und 6. Akt).

In der Regel ist die Ausdrucksweise des Königs kunstvoll, zeigt die Beherrschung aller Möglichkeiten des Sanskrit. Er kann auch angriffig sprechen. Das paßt zu seiner Energie, *utsaha,* die als Gefühl dem *vīra rasa,* den der König darstellt, zugrunde liegt.

2. *Akt*

KÖNIG

kāmaṁ priyā na sulabhā manas tu tadbhāvadarśanāśvāsi |
akṛtārthe 'pi manasije ratim ubhayaprārthanā kurute ||

Leicht zu erlangen
ist die Liebste nicht.
Doch Mut! Ihr ganzes Wesen war –
Verliebtheit.
Lust unerfüllter Leidenschaft
ist der geteilte Wunsch.

Der gedrängte Rhythmus im Deutschen entspricht der Agressivität des Königs. Die Strophe ist in der Übersetzung mit Alliterationen und Assonanzen geschmückt.

Die im 3. Kapitel beschriebene Dichte des Sanskrit verlangt eine freie Übersetzung. Konstruktionen aus Partizipien, Absolutiva, Komposita bei nur *einem* finiten Verb müssen in die Ausdruckformen der deutschen Sprache hinübergeführt werden. Bei Kālidāsa, der sich durch Eleganz und Klarheit auszeichnet, schien mir die Bildung von Hauptsätzen, die Parataxe, häufig der am besten geeignete Weg zu sein. Ein Beipiel soll dies illustrieren.

Am Schluß des 3. Aktes trauert der König dem nicht zustandegekommenen Liebesakt mit Śakuntalā nach und beklagt, daß er das Gesicht Śakuntalās etwas emporgehoben, aber nicht geküßt hat.

3. Akt

KÖNIG

muhur aṅgulisaṁvṛtādharoṣṭhaṁ
pratiṣedhākṣaraviklavābhirāmam |
mukham aṁsavivarti pakṣmalākṣyāḥ
katham apy unnamitaṁ na cumbitaṁ tat ||

Sie wandte ihr Gesicht,
die schweren Wimpern
zur Schulter.
Ich hob es her zu mir –
und küßt' es nicht!
Denn immer wieder legte sie den Finger vor die Lippen,
verwirrt durch ihre Abwehr
und so schön.

Daß Śakuntalā das Gesicht zur Schulter wendet, den Finger vor die Lippen legt, daß sie durch Abwehrworte verwirrt und reizend ist, wird alles durch zusammengesetzte Adjektive, die sich auf »Gesicht« beziehen, ausgedrückt. Die Übersetzung muß in solchen Fällen ihre eigene Syntax finden.

Die Sprache Kaṇvas, des Pflegevaters von Śakuntalā und Oberhaupts der Asketengemeinschaft, ist bei aller Kunst ruhig und beherrscht. Als Beispiel folgt sein Gedicht beim Auftreten im 4. Akt. Das Gedicht wird in der indischen Tradition, dies sei nicht unerwähnt, als die schönste Stelle des Dramas, der Poesie überhaupt, bezeichnet. Der Theoretiker König Bhoja (11. Jh. n. Chr.) zitiert das Gedicht als Beispiel der Stimmung Liebestrennung.

4. Akt

KAṆVA

yāsyaty adya śakuntaleti hṛdayaṁ saṁspṛṣṭam utkaṇṭhayā
kaṇṭhaḥ stambhitabāṣpavṛttikaluṣaś cintājaḍaṁ darśanaṁ |
vaiklavyaṁ mama tāvad īdṛśam api snehād araṇyaukasaḥ
pīḍyante gṛhiṇaḥ kathaṁ nu tanayāviśleṣaduḥkhair navaiḥ ||

Heute geht Śakuntalā fort.
Dieser Gedanke – und Trauer
erfüllt mein Herz.
Der Hals ist rauh, da er den Strom der Tränen
niederringt.
Vom Sinnen ist das Auge
matt.
Solche Verstörung mir, dem Waldasketen,
aus Liebe zu dem Kind!
Wie hart
ist wohl der Schmerz
leiblicher Väter, wenn sie ihre Tochter
ziehen lassen?

Das Gedicht enthält nur ein längeres Kompositum: Der Hals ist »heiser vom gestockten Strom der Tränen«. Sonst führt es ohne syntaktische Klippen zur abschließenden Frage. Der Ausdruck des Schmerzes ist im Sanskrittext nicht leicht zu fassen. Es läßt sich eine gewisse Härte des Lauts durch Häufung von *k* feststellen. Die Übersetzung versucht sich der Stimmung durch einen gestauten Rhythmus und ausgeprägte Unterschiede in der Zeilenlänge anzunähern.

Im glücklichen Fall kann die Übersetzung die leichte Bewegung, die Vielfalt der Vokale, die gedrängte Aussage des Originals unmittelbar wiedergeben, so im Gedicht, das Mātali zum Preis Duṣyantas spricht.

7. Akt

MĀTALI

vicchittiśeṣaih surasundarīṇāṁ
varṇair amī kalpalatāṁśukeṣu ।
saṁcintya gītakṣamam arthabandhaṁ
divaukasas tvaccaritaṁ likhanti ।।

Auf feines Linnen
vom Wunschbaum
malen die Himmlischen
dein Leben.
Sie nehmen sich dazu
das Stückchen Farbe,
das die Götterfrauen
beim Schminken übrig ließen,
und formen in Gedanken
einen Vers.

Ich habe eine zeitgemäße Sprache angestrebt, Modernismen aber unterlassen. Meine sprachliche Umsetzung von Kālidāsas »Śakuntalā« ins Deutsche will auch die Fremdheit zeigen. Fremd ist der immer wiederkehrende Wechsel von sachlicher Rede in lyrischen Ausdruck, fremd sind manche Bilder und Ausdrücke, fremd ist das Verweilen in Gefühlen, das Eingreifen göttlicher und zauberischer Mächte. Alle diese Züge des Dramas stehen im Dienst des Aufbaus, der Entfaltung und des schließlichen Triumphs von *rasa*. Diese ästhetische Erfahrung, die sich in den Gedichten vollendet, will die Übersetzung vermitteln.

Śakuntalā

Sprachliche Hinweise

Nomina auf -a, -i und -u sind in der Regel Maskulina oder Neutra.

Nomina auf -ā und -ī sind in der Regel Feminina.

ā, ī, ū, e, o
: Langvokale; e und o werden geschlossen gesprochen.

ai, au
: Diphthonge

ṛ vokalisch wie r in Bäcke**r**
c wie tsch in kla**tsch**en
j wie j in englisch **j**ust

kh, ch, ṭh, th, ph, gh, jh, ḍh, dh, bh
: werden mit rasch nachfolgendem Hauch gesprochen wie in Ra**th**aus.

ṭ, ṭh, ḍ, ḍh, ṇ
: werden mit zurückgebogener Zungenspitze gesprochen.

y wie j in **j**eder
v wie w in **w**issen
ṅ wie ng in kli**ng**en
ñ wie n in spanisch se**ñ**or
ṁ macht vorangehenden Vokal nasal.
ś sch mit gesenkter Zungenspitze
ṣ wie sch in **sch**on
s scharfes dentales s
h reiner Hauchlaut
ḥ h mit kurzem Nachklang des vorausgehenden Vokals, z. B. devaḥ wie devah(a), (keine zusätzliche Silbe)

Personen

Vorspiel

REGISSEUR
SCHAUSPIELERIN

Drama

ŚAKUNTALĀ
DUṢYANTA, König von Hastināpura
WAGENLENKER, HEERFÜHRER, KÄMMERER, PRIESTER – seine obersten Diener
MĀṬHAVYA, Gefährte des Königs *(Vidūṣaka)*
RAIVATAKA, Türhüter
VETRAVATĪ, Türhüterin
KARABHAKA, Bote
ZWEI HEROLDE
PARABHṚTIKĀ, MADHUKARIKĀ – Dienerinnen im Park Dusyantas
CATURIKĀ, Dienerin Duṣyantas
BOGENTRÄGERINNEN
KAṆVA, Pflegevater Śakuntalas
ANASŪYĀ, PRIYAṀVADĀ – Freundinnen Sakuntalas
GAUTAMĪ, eine alte Asketin
ŚĀRṄGARAVA, ŚĀRADVATA – Asketen
ASKETEN, ASKETINNEN, ASKETENKNABEN, SCHÜLER
POLIZEICHEF
JĀNUKA, SŪCAKA – Polizisten
FISCHER
SĀNUMATĪ, eine himmlische Tänzerin
KAŚYAPA
ADITI, seine Frau
MĀTALI, Wagenlenker Indras
SARVADAMANA, später BHARATA genannt, Śakuntalās und Duṣyantas Sohn

Die Akte 1–4 spielen in der Einsiedelei Kanvas, der 5. und der 6. Akt am Hof Duṣyantas, der 7. Akt in Einsiedelei Kaśyapas.

Anrufung

Er ist das Wasser, die erste Schöpfung,
das Feuer, das die Opfergabe weiht,
der Priester auch,
er ist die Sonne und der Mond und ordnet Zeit,
er ist der Äther, der die Klänge trägt,
die Erde, Samen-Urgrund,
er ist die Luft, die dem Belebten Atem gibt.
Śiva, in diesen acht Gestalten gnädig,
beschütze euch!

Vorspiel

REGISSEUR *schaut in Richtung Bühnenabschluß* Verehrte, wenn du mit dem Ankleiden und Schminken zu Ende bist, komm doch sogleich hierher.

SCHAUSPIELERIN *tritt auf* Hier bin ich, Meister.

REGISSEUR Dies ist ein Publikum von Kennern. Wir wollen mit einem Werk von Kālidāsa, dem neuen Drama mit dem Titel »Śakuntalā und das Wiedererkennungszeichen« auftreten. Da muß sich jeder für seine Rolle große Mühe geben.

SCHAUSPIELERIN Bei des Meisters perfekter Regie wird nichts fehlgehen.

REGISSEUR Verehrte, ich teile dir jetzt eine wichtige Wahrheit mit:

Wenn das gelehrte Publikum
nicht voll befriedigt ist,
kann nicht die Rede sein
von guter Arbeit der Regie.
Strebsamer Geist
ist streng.

SCHAUSPIELERIN Ja, genau. Der Meister befehle, was nun zu tun ist.

REGISSEUR Was denn anderes, als das Ohr der Versammelten zu erfreuen. Vor kurzem ist der Sommer gekommen. Besing doch, was er für Genüsse bietet.

An diesen Tagen ist es angenehm,
ins Wasser einzutauchen.
Waldlüfte sind trompetenblumensüß.
Schlaf findet sich im Schatten leicht.
Man muß sie lieben, diese Tage,
wenn sie scheiden.

SCHAUSPIELERIN O ja. *Sie singt*

Junge Frauen mit weichem Herzen
pflücken sich als Schmuck Śirīṣa-Blüten,
Pollenfäden wunderzart
im sachten Kuß der Biene.

REGISSEUR Schön gesungen, Verehrte! Oho, das Publikum ist wie ein Bild, den Sinn noch ganz in der Melodie gefangen. Mit welchem Thema könnten wir es denn wieder aufmerksam stimmen?

SCHAUSPIELERIN Hat nicht der Meister soeben befohlen, das unvergleichliche Drama »Śakuntalā und das Wiedererkennungszeichen« sei Thema der Aufführung?

REGISSEUR Ganz richtig erinnerst du mich daran. Ich hatte ich es einen Augenblick lang vergessen.

Dein reizender Gesang
hat meine Sinne ganz gepackt,
wie jenen König, Duṣyanta,
die Gazelle mit ihrem Lauf.

Sie treten ab.

Erster Akt

Der König tritt im Wagen auf, eine Gazelle verfolgend, Pfeil und Bogen in der Hand, mit seinem Wagenlenker.

WAGENLENKER *auf den König und die Gazelle blickend* Lang lebe mein Herrscher!

Wenn ich auf die Gazelle schaue
und auf dich,
der du den Bogen mit der straffen Sehne hältst,
ist mir, als ob ich Śiva gegenwärtig sähe,
wie er Gazellen jagt.

KÖNIG Ja, Lenker, weit hat uns diese Gazelle mit sich fortgerissen.

Immer wieder wirft sie,
lieblich in der Bewegung ihres Nackens,
auf den nahen Wagen
einen Blick,
so vor dem Pfeil in Furcht,
daß Hinterteil und Vorderleib in eins zusammenschießen.
Aus ihrem Mund, der vor Erschöpfung offen ist,
fällt halbzerkautes Gras, bestreut den Weg.
So hoch sind ihre Sprünge,
daß sie in der Luft vorankommt,
nicht am Boden.

Erstaunt Wie kommt das: Ich verfolge und verfolge die Gazelle und kann sie doch nur noch mit Mühe sehen?

WAGENLENKER Der Boden ist uneben. Ich halte die Zügel gestrafft, um die Geschwindigkeit des Wagens zurückzunehmen. Deshalb hat die Gazelle an Entfernung gewonnen. Nun sind wir auf ebenem Boden, und du wirst sie ohne Mühe erreichen.

KÖNIG So laß die Zügel los!

WAGENLENKER Wie der Herrscher befiehlt. *Er stellt die Schnelligkeit des Wagens dar.*
Schau, Herrscher, schau!

Kaum sind die Zügel gelockert,
fliegen die Pferde dahin:
weit ausgestreckt der Vorderleib,
der Cāmara-Busch unbewegt,
die Ohren steil im Wind,
uneinholbar
selbst für den Staub, den sie erzeugen,
Gazellenflug ihr Stachel.

KÖNIG *erfreut* Wirklich, die Pferde übertreffen selbst die Rosse der Götter.

Was winzig ist als Anblick,
dehnt sich plötzlich aus,
zwei Hälften sind im Flug
vereint,
was von Natur gekrümmt ist,
meinen Augen scheint es eine Linie.
Es gibt bei dieser Schnelligkeit des Wagens
weder Nah noch Fern.

Lenker! Schau, wie ich die Gazelle erlege!

Er stellt dar, wie er den Pfeil auflegt.

Hinter der Bühne

Halt, König, halt! Diese Gazelle gehört zur Einsiedelei, sie darf nicht getötet werden.

WAGENLENKER *aufhorchend und hinschauend* Herrscher, Asketen haben sich zwischen die Gazelle und deinen Pfeil gestellt.

KÖNIG *bestürzt* Dann halt die Pferde an.

WAGENLENKER Sogleich.

Er hält die Pferde an.

Ein Asket tritt auf, von zwei Schülern begleitet.

ASKET *die Hand aufhebend* König, diese Gazelle gehört zur Einsiedelei, sie darf nicht getötet werden.

Zieh dein Geschoß,
so wohlgezielt es sei, zurück.
Bedrängte schützen will dein Pfeil,
nicht treffen den,
der schuldlos ist.

KÖNIG Der Pfeil ist beiseite gelegt. *Er tut wie gesagt.*
ASKET Dies gleicht dir, Herr, Licht aus dem Stamm Purus.

Wer dem Geschlecht des Monds entstammt,
den kleidet diese Handlung wohl.
Ein Sohn mit allen guten Eigenschaften,
ein Weltenherrscher
werde dir geschenkt.

DIE BEIDEN SCHÜLER *die Hände aufhebend* Dir werde ein Sohn geschenkt, der allüberall Weltenherrscher ist.
KÖNIG *sich verneigend* Mit Ehrfurcht nehme ich den Segenswunsch entgegen.
ASKET Wir waren aufgebrochen, König, um Brennholz zu sammeln. Dort auf dem Ufer der Mālinī kann man die Einsiedelei unseres Oberhauptes Kaṇva sehen. Wenn keine andere Pflicht dich ruft: Geh dorthin! Du wirst als Gast mit Ehrerbietung empfangen werden.

Wenn du das fromme
ungetrübte Ritual
der großen Dulder,
betrachtest,
so magst du denken:
Viel beschützt mein Arm,
dem Narben schlug der Bogen.

KÖNIG Ist euer Oberhaupt zuhause?

ASKET Eben ist er, seiner Tochter Śakuntalā den Empfang von Gästen überlassend, nach Somatīrtha gegangen, um ein die Tochter bedrohendes Geschick zu besänftigen.

KÖNIG Gut! Ich werde sie besuchen. Sie wird dem großen Weisen wohl von mir erzählen, wenn sie meine Verehrung für ihn gesehen hat.

ASKET So laßt uns gehen. *Er tritt mit den Schülern ab.*

KÖNIG Lenker, treib die Pferde an. Ich will meine Seele durch das Betrachten der Einsiedelei läutern.

Der Wagenlenker stellt wieder die Schnelligkeit des Wagens dar.

KÖNIG *rundum schauend* Lenker, auch wenn man es nicht wüßte, würde man gleichwohl erkennen: Das ist der Askетenhain in voller Pracht.

WAGENLENKER Wie denn?

KÖNIG Siehst du es nicht?

Da sind Körner von Reis
verstreut unter Bäumen.
Aus Höhlungen stammen sie,
wo Papageien hausen.
Hier und dort leuchten Steine ölig –
man zerbricht damit die Ingudī-Frucht.
Dem Zutrauen gewonnen,
erträgt die Gazelle
den menschlichen Laut,
geht ungestört ihren Gang.
Und die Wege von den Teichen
sind voll Tropfen,
die von Bastgewändern gefallen sind.

WAGENLENKER Ja, alles paßt zusammen.

KÖNIG *nachdem er etwas weiter gefahren ist* Man darf die Bewohner des Hains nicht stören. Halt den Wagen hier an. Ich will aussteigen.

WAGENLENKER Die Zügel sind angezogen. Steig aus, Herrscher!

KÖNIG *im Aussteigen* Asketenhaine soll man in bescheidener Kleidung betreten. Nimm mir dies ab! *Er übergibt dem Wagenlenker seinen Schmuck und seinen Bogen.* Und, Lenker! Daß mir die Pferde frisch gebadet sind, wenn ich vom Besuch bei den Einsiedeleibewohnern zurückkehre!

WAGENLENKER So wird es sein. *Tritt ab.*

KÖNIG *geht vorwärts und schaut* Das ist das Tor zur Einsiedelei. Ich will eintreten. *Er stellt dar, daß ihn beim Eintreten ein Vorzeichen trifft.*

Liebe kommt nicht vor
in Einsiedeleien –
und mir zuckt der Arm!
Was soll daraus werden?
Nun denn: Notwendiges
geschieht an jedem Ort.

Hinter der Bühne

Hier, Freundinnen, hier!

KÖNIG *hinhörend* Rechts von den Bäumen scheint ein Gespräch im Gang zu sein. Dort will ich hin. *Er geht hin und schaut.* Ei, das sind Asketentöchter. Aus Gießkannen, die ihrem Wuchs entsprechen, geben sie den jungen Bäumen Wasser. *Er stellt es dar.* Wirklich ein reizender Anblick!

Wenn solche Schönheit,
kaum zu finden im Palast,
Einsiedeleien schmückt,
dann zeigt dies:
Waldlianen überflügeln Gartenranken!

Ich will in den Schatten treten und sie beobachten. *Er schaut zu.*

Śakuntalā tritt auf, beschäftigt wie beschrieben, mit den beiden Freundinnen.

ŚAKUNTALĀ Hier, Freundinnen!

ANASŪYĀ Śakuntalā, ich habe den Eindruck, deinem Vater Kaṇva sind die Bäume der Einsiedelei mehr wert als du. Weshalb denn sonst hätte er dir, die du so zart bist wie Navamālikā-Jasmin, aufgetragen, die Wasserbecken um die Bäume zu füllen?

ŚAKUNTALĀ Das ist nicht nur ein Auftrag des Vaters. Ich habe eine schwesterliche Liebe zu ihnen. *Sie stellt das Bäumebegießen dar.*

KÖNIG Wie, sie ist die Tochter Kaṇvas? Der Ehrwürdige scheint wahrhaftig in seinem Urteil getrübt zu sein. Er verpflichtet sie zu einem Asketenleben!

Wer diese von Natur
bezaubernde Gestalt
askesefähig machen will,
der nimmt sich vor,
den Zweig des harten Śamī-Baums
mit einem Blütenblatt zu schneiden.

Nun denn! Hier zwischen den Bäumen kann ich sie ungestört anschauen. *Er tut wie gesagt.*

ŚAKUNTALĀ Anasūyā, mein Kleid engt mich ein. Priyaṁvadā hat es zu fest angezogen. Mach es etwas lockerer.

ANASŪYĀ Sogleich. *Lockert es.*

PRIYAṀVADĀ *lachend* Mach deiner Jugend Vorwürfe, die deinen Busen üppig werden ließ. Warum mir?

KÖNIG Das Kleid aus Bast ist allerdings nicht passend, gleichwohl kleidet es sie.

Auch überwuchert ist der Lotos lieblich,
der dunkle Fleck erhöht den Glanz des Monds,
und dieses zarte Wesen ist in seinem Baumkleid
besonders schön.
Ist die Gestalt voll Reiz,
was ist nicht Schmuck?

ŚAKUNTALĀ Die Zweige dieses Keśara-Baums sind vom Wind bewegt wie Finger, die mich zu sich winken. Ich will ihm Guten Tag sagen. *Sie geht auf ihn zu.*

PRIYAṀVADĀ Śakuntalā, bleib dort ein Weilchen stehen! Dann sieht es aus, als ob der Keśara-Baum mit einer Ranke verbunden wäre.

ŚAKUNTALĀ Du bist wirklich eine Priyaṁ-vadā, eine Liebes-Sprechende.

KÖNIG Liebes in der Tat, aber Wahres, sagte Priyaṁvadā über Śakuntalā.

Die Lippe hat den roten Schmelz der Knospe.
Die Arme gleichen zarten Zweigen.
Ihr Körper atmet
wie eine Blume
begehrenswerte Jugend.

ANASŪYĀ Śakuntalā, Liebe, hier ist der Navamālikā-Jasmin, der sich dem Mangobaum in freier Gattenwahl verbunden hat. Du hast ihn »Waldmondschein« getauft. Hast du ihn vergessen?

ŚAKUNTALĀ Da würde ich ja mich selbst vergessen. *Sie geht auf die Schlingpflanze zu und betrachtet sie.*
Freundin, dieses Liebespaar hat sich zu einem günstigen Zeitpunkt vereinigt. »Waldmondschein« hat frische Blüten, der Mangobaum ist mit seinen jungen Schößlingen bereit zum Genuß. *Sie ist in Betrachtung versunken.*

PRIYAMVADA Anasuya, weißt du, weshalb Śakuntalā »Waldmondschein« so lange anschaut?

ANASŪYĀ Nein. Sprich!

PRIYAṀVADĀ Sie sagt sich: Wie die Ranke »Waldmondschein« sich mit dem passenden Baum verbunden hat, möchte auch ich einen passenden Bräutigam finden.

ŚAKUNTALĀ Das ist ja wohl *dein* Wunsch! *Sie senkt die Gießkanne.*

KÖNIG Vielleicht stammt dieses Mädchen von einer Frau, die einem anderen Stand angehört als das Familienoberhaupt. Aber nein, genug gezweifelt:

Gewiß ist es ihr möglich,
sich einem Fürsten zu verbinden.
Mein Herz begehrt sie,
und es betrügt mich nicht!
Wenn etwas Zweifeln unterworfen ist,
dürfen sich edle Menschen
von ihrer innern Stimme leiten lassen.

Wie dem auch sei, ich werde Genaueres über sie zu erfahren suchen.

ŚAKUNTALĀ *aufgeregt* Oh, eine Biene, aufgeschreckt vom Wasser, hat den Navamālikā-Jasmin verlassen und fliegt gegen mein Gesicht. *Sie stellt die Belästigung durch die Biene dar.*

KÖNIG *voll Begierde*

Ihr zitterndes Auge
streifst du immer wieder, Biene,
summst süß,
Heimliches raunend,
vor ihrem Ohr.
Sie wehrt dich ab,
du aber trinkst von ihren Lippen,
dem Quell der Lust –
am Ziel bist du,
ich aber, zweifelnd,
steh zurück.

ŚAKUNTALĀ Diese unverschämte Biene hört nicht auf. Ich will an einen anderen Ort gehen. *Macht einen Schritt und bleibt stehen. Wirft einen Blick.* Wie, auch hierher folgt sie mir! Ihr beiden, kommt mir zu Hilfe gegen diese Bienenbestie!

BEIDE *lachend* Wer sind wir, um dir zu helfen? Ruf Duṣyanta um Hilfe an! Sind doch die Asketenhaine vom König beschützt.

KÖNIG Das ist eine Gelegenheit, mich zu zeigen. »Keine Furcht...« *Er hält inne. Für sich* Aber dann werde ich als König erkannt. Nein, ich will sie anders anreden.

ŚAKUNTALĀ *bleibt nach einem weiteren Schritt stehen* Auch hier fliegt sie mir nach!

KÖNIG *rasch hervortretend:*

Wer wagt es,
zarten Töchtern von Asketen
grob zu begegnen,
solang ein Sproß Purus,
Bestrafer aller Unbotmäßigen,
die Erde beherrscht?

Die Mädchen sind beim Anblick des Königs verwirrt.

ANASŪYĀ Herr, wahrhaftig nichts Schlimmes! Unsere Freundin wurde von einer Biene verfolgt und ist stark erschrocken. *Sie zeigt auf Śakuntalā.*

KÖNIG *sich an Śakuntala wendend* Gedeiht der fromme Wandel?

Śakuntalā ist vor Bestürzung sprachlos.

ANASŪYĀ Ja, allerdings, wo wir einen besonderen Gast bei uns haben. Śakuntalā, Liebe! Geh in die Hütte! Bring Früchte und was dazugehört für den Empfang des Gastes! Hier ist Wasser für die Füße.

KÖNIG Durch Eure freundlich-wahrhaftige Rede ist den Gastgeboten Genüge getan.

PRIYAṀVADĀ Nun denn, Herr, so setzt Euch ein Weilchen auf diesen Sitz unter dem Saptaparṇa-Baum, der durch viel Schatten kühl ist, und lindert Eure Erschöpfung.

KÖNIG Nun seid auch Ihr durch die Zeremonie erschöpft.

ANASŪYĀ Śakuntalā, es gehört sich, daß wir dem Gast Gesellschaft leisten. Setzen wir uns!

Alle setzen sich.

ŚAKUNTALĀ *für sich* Wie geschieht mir nur? Beim Anblick dieses Mannes überkommt mich ein Gefühl, das in diesen Hain nicht paßt.

KÖNIG *schaut auf die Mädchen* Eure Herzensgemeinschaft ist anmutig durch gleiche Jugend und gleiche Schönheit.

PRIYAMVADĀ *beiseite zu Anasūyā* Anasūyā, wer ist wohl dieser Mann? Höflich, zurückhaltend im Auftreten, spricht er freundlich wie einer, der viel Macht hat.

ANASŪYĀ Freundin, auch ich bin neugierig. Ich werde ihn daher fragen. *Laut* Das Vertrauen, das Eure freundliche Ansprache mir eingeflößt hat, bestimmt mich zu fragen: Welches Geschlecht von königlichen Sehern schmückt sich mit Euch? Welches ist das Land, dessen Volk durch die Trennung von Euch leidet? Aus welchem Grund habt Ihr Euch, so gar nicht abgehärtet, der Mühe des Ganges in einen Asketenhain ausgesetzt?

ŚAKUNTALĀ *für sich* Herz, zerspring nicht! Anasūyā spricht aus, was du gedacht hast.

KÖNIG *für sich* Soll ich mich jetzt zu erkennen geben oder soll ich mich verleugnen? Nun, ich will die Frage fürs erste so beantworten. *Laut* Herrin! Ich bin vom Paurava-König mit der Aufsicht über die Religionsausübung beauftragt und in diesen heiligen Wald gekommen, um mich zu vergewissern, daß das Ritual ungestört vollzogen wird.

ANASŪYĀ So sind die Frommen wohlbeschützt.

Śakuntalā stellt scheue Verliebheit dar.

DIE FREUNDINNEN *über das Verhalten der beiden im klaren, beiseite zu Śakuntalā* Wenn jetzt dein Vater anwesend wäre –

ŚAKUNTALĀ *zornig* Was wäre dann?

DIE FREUNDINNEN Er würde alle Wünsche dieses besonderen Gastes erfüllen, indem er ihm das Eigenste seines Lebens gibt.

ŚAKUNTALĀ Geht mir, ihr beiden! Ihr führt etwas im Schild, daß ihr so sprecht. Ich werde auf eure Worte nicht mehr hören.

KÖNIG Ich möchte Euch nun etwas über Eure Freundin fragen.

DIE FREUNDINNEN Herr, die Frage ehrt uns.

KÖNIG Der ehrwürdige Kaṇva lebte in steter Entsagung. Wie kann es dann sein, daß Eure Freundin, wie Ihr sagt, seine Tochter ist?

ANASŪYĀ Höre, Herr! Es gibt einen königlichen Seher von großer Macht mit Namen Viśvāmitra.

KÖNIG Ich habe von ihm gehört.

ANASŪYĀ So wisse denn, daß dies der leibliche Vater unserer Freundin ist. Unser lieber Kaṇva gilt als ihr Vater, weil er die Verlassene aufzog.

KÖNIG Das Wort »verlassen« hat meine Neugier geweckt. Nun will ich alles von Anfang an hören.

ANASŪYĀ Also höre. Als einst jener königliche Seher am Ufer der Gautamī strengster Kasteiung oblag, schickten die Götter, die er in Besorgnis versetzt hatte, eine Nymphe namens Menakā zu ihm, die seine Konzentration stören sollte.

KÖNIG Ja, die Götter fürchten die Versenkung der Menschen.

ANASŪYĀ Als nun der Asket – es war Frühlingsanfang – ihre sinnbetörende Gestalt erblickte ... *Sie bricht verlegen ab.*

KÖNIG Den Rest errate ich. So ist sie also von einer göttlichen Nymphe geboren?

ANASŪYĀ Ja.

KÖNIG Das erklärt alles.

Diese Gestalt, wie könnte sie
aus einer Erdenfrau entstanden sein?
Flammendes Licht
kommt nicht von unten.

Śakuntalā hält den Kopf gesenkt.

KÖNIG *für sich* Mein Wunsch ist nicht aussichtslos. Aber ich bin immer noch unsicher, nachdem die Freundin im Scherz einen künftigen Ehemann erwähnt hat.

PRIYAṀVADĀ *betrachtet lächelnd Śakuntalā und wendet sich dem König zu* Ist noch eine Frage offen?

Śakuntalā droht der Freundin mit dem Finger.

KÖNIG Ja, die Herrin hat richtig beobachtet. Es bleibt noch etwas zu fragen, da ich begierig bin, Näheres über das Leben der Frommen zu erfahren.

PRIYAṀVADĀ Nichts zu überlegen! Asketenleute darf man ungescheut fragen.

KÖNIG

Muß Eure Freundin den Asketenweg,
der Liebeswünsche hindert,
bis zur Heirat gehen?
Ja, wird sie gar bis an ihr Ende
mit den Gazellenweibchen leben,
die ihr lieb sind,
da sie gleiche Augen haben?

PRIYAṀVADĀ Sie fügt sich auch in der Ausübung des Rituals dem Willen ihres Vaters. Er hat aber die Absicht, ihr einen passenden Gatten zu geben.

KÖNIG *für sich* Schwer zu erfüllen ist dieser Wunsch nicht!

Begehr nur frei, mein Herz!
Beseitigt sind die Zweifel.
Du hattest Angst vor Feuer –
es ist ein Edelstein,
den man berühren darf.

ŚAKUNTALĀ *als ob sie zornig wäre* Anasūyā, ich geh jetzt!

ANASŪYĀ Warum?

ŚAKUNTALĀ Ich will der ehrwürdigen Gautamī erzählen, wie diese Priyaṁvadā lose plappert.

ANASŪYĀ Freundin, es gehört sich nicht, daß du eigenmächtig gehst und den Gast zurückläßt, ohne ihm Ehre erwiesen zu haben. *Śakuntalā steht wortlos auf.*

KÖNIG *will Śakuntalā zurückhalten, beherrscht sich; für sich* Ach, was der Liebende fühlt, das möchte er ausdrücken!

Der Seherstochter wollt' ich folgen –
plötzlich hielt mich der Anstand fest.
Ich habe mich zurückgewandt,
als ob ich fortgegangen wäre –
und hatte mich doch nicht vom Platz erhoben.

PRIYAṀVADĀ *Śakuntalā zurückhaltend* Liebe, es gehört sich nicht, daß zu gehst.

ŚAKUNTALĀ *die Brauen zusammenziehend* Warum?

PRIYAṀVADĀ Du bist mir zwei Baumbegießungen schuldig. Mach dich daran! Danach magst du weggehen. *Sie zieht sie zurück.*

KÖNIG Teuerste, beachte doch, daß die Herrin vom Begießen der Bäume bereits ermüdet ist.

Die Schultern hängen,
gerötet sind die Hände
vom Heben der Kanne.
Immer noch geht der Atem schwer.
Schweißperlen glänzen
auf dem Gesicht,
hindern die Śirīṣa-Blüte,
am Ohr zu spielen.
Ihr Haar, zerzaust,
da sich das Band gelöst hat,
hält sie mit der freien Hand.

Ich will sie von ihren Schulden befreien. *Er will seinen Fingerring geben.*

Die beiden Freundinnen entziffern das Namenssiegel und schauen einander an.

Genug der Vermutungen, ich sei jemand anderer. Dies ist ein Geschenk der Königs. Seid gewiß, daß ich ein Diener des Königs bin.

PRIYAṀVADĀ Deshalb darf dieser Ring sich nicht von Eurem Finger trennen. Durch Euer Wort ist sie ohne Schulden. *Mit einem leisen Lachen* Liebe Śakuntalā, du bist von diesem freundlich gesinnten Gast oder besser vom König befreit worden. Du kannst jetzt gehen.

ŚAKUNTALĀ *Für sich* Wenn ich es könnte... *Laut* Wer bist du, daß du loslassen oder zurückhalten kannst?

KÖNIG *Śakuntalā anschauend, für sich* Wär's möglich, daß sie für mich fühlt, wie ich für sie? Sind gar meine Wünsche erfüllt?

Sie geht auf meine Worte
nicht ein, doch hört sie hin,
und wenn ich spreche,
schaut sie mich an.
Ich gebe zu,
sie ist nich hingewandt zu mir.
Doch ruht ihr Blick
auch nicht auf andern Dingen.

Hinter der Bühne

Ho, Asketen! Macht euch bereit zum Schutz der Lebewesen des Asketenwalds! Der Herrscher Duṣyanta jagt in der Nähe!

Heuschreckengleich,
rot im Glanz der untergehenden Sonne,
fällt der Staub von Pferdehufen
auf nasse Bastgewänder,
die an Zweigen hängen.

Noch schlimmer!

Jagdwagen-Anblicks ungewohnt,
dringt wilder Elephant
in heiligen Wald!
Verkörperte Zerstörung
unserer Andacht!
Zersprenger von Gazellenherden!
Ein Baumstamm raubt' ihm einen Zahn,
Schlingpflanzen, mitgerissen,
fesseln seinen Fuß.

Die Mädchen hören hin und sind erschrocken.

KÖNIG *für sich* Wie ärgerlich! Die Stadtleute, auf der Suche nach mir, bringen den Asketenwald durcheinander. Ich will ihnen entgegengehen.

DIE FREUNDINNEN Herr, dieser Vorfall im Wald macht uns Angst. Erlaube, daß wir in unsere Hütten gehen.

KÖNIG *verlegen* Die Herrinnen mögen gehen. Ich werde darür sorgen, daß keine Behelligung der Einsiedelei erfolgt.

Alle erheben sich.

DIE FREUNDINNEN Herr, wir schämen uns, Euch anzutragen, daß auch unvollendete Gastfreundschaft ein Grund zum Wiedersehen sein kann.

KÖNIG Nein, nein! Ich bin gebührend empfangen nur schon durch die Möglichkeit, die Herrinnen zu sehen.

Den König anschauend, unter einem Vorwand zögernd, geht Śakuntalā mit den Freundinnen ab.

KÖNIG Ich habe keine Lust, zur Stadt zurückzukehren. Sobald ich meine Gefolgsleute getroffen habe, lasse ich sie nicht zu weit vom Asketenwald lagern. Mein Herz von der Beschäftigung mit Śakuntalā zu lösen – das ist nicht möglich!

Der Körper geht voran,
doch rückwärts eilt
das ungestillte Herz,
wie Seide eines Banners,
das man dem Wind
entgegenträgt.

Alle treten ab.

Zweiter Akt

Der Vidūṣaka tritt auf, niedergeschlagen.

VIDŪṢAKA *seufzt* Verwünscht! Ich bin mürb von der Freundschaft mit diesem jagdwütigen König. Hier eine Gazelle! Da ein Eber! Dort ein Tiger! So tönt es. Man streift auch am Mittag von Forst zu Forst, durch Pfade, wo die Bäume in der Hitze nur schütteren Schatten geben. Getrunken wird schlechtes Wasser aus Bergbächen, bitter von Blättern. Zu unregelmäßigen Zeiten gibt es ein Essen, das fast nur aus am Spieß gebratenem Fleisch besteht. Auch nachts kann man sich nicht so richtig ins Pfühl legen, da die Gelenke zerquetscht sind vom Galoppieren des Pferdes. In aller Morgenfrühe dann werde ich geweckt vom Geschrei dieser Hurensöhne, der Vogeljäger, die den Wald umstellen. All dies ist aber noch nicht das Ende meiner Plagen. Denn auf der Pustel ist eine Beule entstanden. Kam doch gestern, als wir zurückblieben, zu allem Unglück dem König eine Asketentochter namens Śakuntalā vor die Augen, da er beim Verfolgen einer Gazelle in eine Einsiedelei geraten war. Jetzt ist natürlich nichts mehr mit der Rückkehr in die Stadt. Auch als es heute Morgen wurde, dachte er an sie. Was tun? Ich werde den Verehrten ja sehen, wenn er sein morgendliches Bad genommen hat. *Er geht umher und schaut sich um.* Da kommt der Kamerad, umgeben von Yavana-Frauen mit seinem Bogen in den Händen und Waldblumenkränzen. Nur los! Ich will mich hinstellen, wie wenn ich vom Zerbrechen meiner Glieder verkrüppelt wäre. Mag sein, daß ich mir damit Ruhe verschaffe. *Er steht auf einen Stock gestützt da.*

Der König tritt auf wie beschrieben.

KÖNIG

Leicht zu erlangen
ist die Liebste nicht.
Doch Mut! Ihr ganzes Wesen war –
Verliebtheit.
Lust unerfüllter Leidenschaft
ist der geteilte Wunsch.

Lächelnd So wird der Verliebte, der seine Absichten der Begehrten zuschreibt, getäuscht.

Sie schaute so lieb,
auch wenn sie meinen Blick vermied,
ging träg mit schweren Hüften –
das war Koketterie!
Und daß sie zornig verfuhr mit der Freundin,
die sie zurückhielt –
alles für mich!
Ach, wie der Liebende
befangen ist!

VIDŪṢAKA *in derselben Stellung* Kamerad! Ich kann meine Hände nicht bewegen. So begrüße ich dich nur mit der Stimme. Sei siegreich!

KÖNIG Woher stammt deine Verletzung?

VIDŪṢAKA Woher wohl! Du bläst Pfeffer in die Augen und fragst nach dem Grund der Tränen.

KÖNIG Ich folge nicht ganz.

VIDŪṢAKA Also, Kamerad! Wenn das hohe Schilfrohr die gebeugte Kubja-Pflanze nachahmt, geschieht das aus eigener Kraft oder durch die Strömung des Flusses?

KÖNIG Die Strömung des Flusses ist die Ursache.

VIDŪṢAKA Für mich auch, Verehrter.

KÖNIG Wie denn?

VIDŪṢAKA Du hast die Regierungsgeschäfte liegen lassen und lebst wie eine Waldbewohner in unheimlichen Gegenden. Jeden Tag jagt man wilden Tieren hinterher. Ich kann meine Glieder wegen der durchgeschüttelten Gelenkbänder nicht mehr bewegen. Deshalb, sei gnädig! Einen Tag nur laß mich ausruhen.

KÖNIG *für sich* Er hat recht. Auch ich bin der Jagd überdrüssig, wenn ich an die Tochter Kaṇvas denke.

Ich kann den Bogen
mit dem scharfen Pfeil
nicht auf Gazellen richten –
Hausgenossen meiner Liebsten,
und Lehrer sanfter Blicke.

VIDŪṢAKA *das Gesicht des Königs beobachtend* Du bist in Gedanken mit etwas anderem beschäftigt. Ich habe gegen eine Wand geredet.

KÖNIG *lächelnd* Wie könnte ich? Das Wort eines Freundes ist bekanntlich nicht zu vernachlässigen.

VIDŪṢAKA Lebwohl! *Schickt sich an zu gehen.*

KÖNIG Bleib, Kamerad! Ich habe noch etwas zu sagen.

VIDŪṢAKA Befiehl!

KÖNIG Wenn du ausgeruht bist, sollst du mir bei einem nicht anstrengenden Geschäft helfen.

VIDŪṢAKA Beim Kuchenessen? *Die* Gelegenheit ergreif' ich gern!

KÖNIG Was es ist, werde ich dir sagen. – Ist dort jemand? Herbei!

TÜRHÜTER *tritt auf; sich verneigend* Der Herr befehle.

KÖNIG Raivataka, ruf den Heerführer.

TÜRHÜTER Zu Befehl. *Tritt ab und kommt mit den Heerführer zurück.* Dort steht der Herr. Er hat den Blick hierher gerichtet, will einen Befehl erteilen. Nähert Euch.

HEERFÜHRER *den König betrachtend* Die Jagd, die doch als Laster gilt, wandelt sich beim Gebieter zum Vorteil.

Was für ein Körper!
Narbig an der Brust vom Bogenspannen,
den Sonnengluten trotzend
ohne einen Tropfen Schweiß.
Man nimmt die Magerkeit nicht wahr,
so ist er gestählt!
Ein Körper, den die Lebenskräfte spannen.
Bergelephant!

Herbeigehend Sei siegreich, Gebieter. Die wilden Tiere im Wald sind umstellt. Weshalb also warten?

KÖNIG Māṭhavya, der von der Jagd abrät, hat meinen Schwung gebremst.

HEERFÜHRER *beiseite zum Vidūṣaka* Freund, bleib fest bei deinem Widerstand. Ich werde dagegen der Neigung des Gebieters das Wort reden. *Laut* Dieser Fehlgeleitete mag Unsinn reden. Ist nicht der Herrscher der Gegenbeweis?

Die Jagd ein Laster?
Falsch ist dieses Wort.
Wo gibt es solche Unterhaltung?
Der Körper wird geübt,
wird schlank, für Anstrengung geeignet.
Die Tiere werden aufgewühlt
in Angst und Wut.
Und was ist schöner für den Bogenschützen,
als wenn sein Pfeil
ins Flüchtige trifft?

VIDŪṢAKA *zornig* Fort mit dir, du Aktivist! Der Herrscher hat seine wahre Natur wiedergefunden. Du aber, von Wald zu Wald streifend, wirst einem alten Bären, der auf Menschennasen gierig ist, in den Rachen fallen.

KÖNIG Mein lieber Heerführer! Wir haben uns in der Nähe einer Einsiedelei niedergelassen. Deshalb kann ich deine Worte nicht gutheißen.

Baden mögen die Büffel im Teich,
die Hörner ins Wasser schlagend.
Im Schatten versammelt,
oblieg' dem Wiederkäuen
die Gazellenschar.
Furchtlos sollen die Eber
das Mustā-Gras am Weiher
zertrampeln.
Und der Bogen hier –
ruhen will er,
mit loser Sehne.

HEERFÜHRER Wie es Eurer Majestät gefällt.

KÖNIG Laß daher die Jäger, die vorausgegangen sind, umkehren. Daß mir die Heerleute den Asketenwald nicht durcheinanderbringen! Das muß verhindert werden.

Auch wenn Friede
für sie das Höchste ist,
liegt in Asketen
Glut verborgen.
So wie Kristalle,
kühl in der Berührung,
unter der Macht der Sonne
Feuer speien.

HEERFÜHRER Es sei, wie der Gebieter befiehlt.

VIDŪṢAKA Betrachte deine Bemühungen, uns in Aufbruchstimmung zu versetzen, als gescheitert!

Der Heerführer tritt ab.

KÖNIG *auf sein Gefolge blickend* Mädchen, legt meine Jagdgeräte weg! Raivataka, geh auch du deiner eigentlichen Beschäftigung nach!

GEFOLGE Wie der Herrscher befiehlt. *Treten ab.*

VIDŪṢAKA Die Luft ist rein! Setz dich auf diesen Stein, über den der Baum einen Baldachin wölbt. Dann werde auch ich es mir bequem machen.

KÖNIG Geh voraus!
VIDŪṢAKA Komm, Verehrter!

Beide gehen hin und setzen sich.

KÖNIG Māṭhavya, deine Augen haben ihre Bestimmung noch nicht gefunden. Denn was ein Mensch sehen muß, hast du nicht gesehen.
VIDŪṢAKA Aber ich habe doch dich vor meinen Augen!
KÖNIG Jeder sieht das Vertraute als Schönstes an. Ich spreche aber von Śakuntalā, dem Schmuck dieser Einsiedelei.
VIDŪṢAKA *für sich* Ich werde ihm dazu keine Gelegenheit geben. *Laut* Oho, du begehrst eines Asketen Tochter!
KÖNIG Freund, die Gedanken eines Mannes aus Purus Geschlecht kreisen nicht um etwas Verbotenes.

Geboren von der Götternymphe
ist das Asketenkind!
Der Weise nahm es auf,
als es verlassen war.
Die Jasminblüte,
unbehaust,
sank auf den großen, heiligen Baum.

VIDŪṢAKA *auflachend* Wie einer, der Datteln überdrüssig, nach den säuerlichen Früchten des Tamarindenbaums verlangt, so verschmähst du die herrlichen Frauen deines Harems und begehrst dieses Mädchen.
KÖNIG Du sahst sie noch nicht. Deshalb kannst du so sprechen.
VIDŪṢAKA Das muß allerdings liebreizend sein, was sogar deine Aufmerksamkeit erregt.
KÖNIG Kamerad, wozu viele Worte!

Hat der Schöpfer ein Bild
mit Lebenshauch begabt?
Oder schuf er sie im Geist
aus der Fülle des Schönen?
Die Macht des Erschaffers
und diese Gestalt –
nichts Gleiches gibt es
unter den Juwelen-Frauen.

VIDŪṢAKA Wenn das so ist, ersetzt sie allerdings die anderen Schönen.

KÖNIG Ich könnte es auch so ausdrücken:

Blume, unbekannter Duft,
Knospe, unberührt,
Ursprungs-Juwel,
Ursaft des Honigs,
guter Taten Lohn
in seiner Fülle.
So rein ist ihre Schönheit.
Wem ist sie bestimmt?

VIDŪṢAKA Rette sie schnell, Verehrter! Sonst fällt sie noch in die Hände eines Asketen, eines Mannes mit einem Kopf, der von Ingudī-Öl schmierig ist.

KÖNIG Sie bestimmt nicht über sich selbst. Und das Familienoberhaupt ist abwesend.

VIDŪṢAKA Wie war der Ausdruck ihrer Augen?

KÖNIG Asketenmädchen sind von Natur aus nicht herausfordernd. Aber gleichwohl:

Wenn ich mich zu ihr wandte,
senkte sie den Blick.
Sie lächelte,
wenn sich ein Anlaß bot.
Beherrschte Leidenschaft –
sie hat sie nicht enthüllt,
aber auch nicht verborgen.

VIDŪṢAKA Sie konnte dir, den sie kaum gesehen hat, ja nicht auf den Schoß sitzen?

KÖNIG Als wir uns trennten, zeigte sie ihre Gefühle, wenn auch schüchtern.

»Darbha-Gras hat mir den Fuß verletzt.«
Die Zarte sprach es ohne Grund
und blieb nach wenigen Schritten stehen.
Aus Ästen, die ihr Kleid nicht hemmten,
schien sie es zu befreien.
Das Gesicht mir zugewandt,
verweilte sie.

VIDŪṢAKA Laß Proviant nachkommen! Ich sehe schon: Du hast den Hain der Frommen zum Lusthain gemacht.

KÖNIG Freund, einige Asketen haben mich erkannt. Überleg einmal, unter welchem Vorwand wir wieder in die Einsiedelei gehen können.

VIDŪṢAKA Was braucht es einen Vorwand? Bist du nicht der König? Es heißt doch: »Den sechsten Teil des Reises sollen sie mir geben.«

KÖNIG Du Dummer! Diese Asketen geben eine andere Steuer, eine Steuer, die Bergen von Juwelen vorzuziehen ist.

Was die vier Stände
dem Herrscher zollen,
ist Frucht, die verdirbt.
Die Waldbewohner aber geben,
was nicht verdirbt,
den sechsten Teil frommer Verdienste.

Hinter der Szene

Jetzt sind wir am Ziel!

KÖNIG *hinhörend* Oh, das müssen Asketen sein, mit den festen, ruhigen Stimmen.

TÜRHÜTER *tritt auf* Sieg sei dem Herrn! Da stehen zwei Asketenknaben am Tor.

KÖNIG Laß sie ohne Verzögerung eintreten.

TÜRHÜTER Sogleich. *Tritt ab. Tritt mit den Knaben wieder auf.* Diesen Weg, Verehrte!

Beide betrachten den König.

ERSTER KNABE Eine glänzende Erscheinung, und weckt solches Vertrauen! Aber dies paßt zu einem König, der sich kaum von einem Seher unterscheidet.

Er lebt in einem Stand,
der allen Zuflucht bietet.
Da er die Menschen schützt,
erwirbt er täglich
unvergängliches Verdienst.
Der weihevolle Name »Seher«,
gesungen von den Göttersängern
für einen, der die Sinne zügelt,
steigt immer wieder
als »Königlicher Seher«
zum Himmel.

ZWEITER KNABE Gautama, ist dies Duṣyanta, Indras Freund?
ERSTER KNABE Ja.
ZWEITER KNABE

Er, dessen Arm so lang ist wie der Balken,
der das Stadttor schließt,
herrscht ganz allein
über die weite Erde
bis an den dunklen Saum des Meers.
Wer staunt darüber?
Hoffen doch auch die Götter,
dämonenhaßverfolgt,
auf Sieg durch seinen straffen Bogen
und Indras Donnerkeil.

BEIDE *herbeigehend* Dein sei der Sieg, o König!
KÖNIG *vom Sitz aufstehend* Seid gegrüßt!
BEIDE Glück dir! *Sie bringen Früchte dar.*

KÖNIG *nimmt sie mit einer Verbeugung entgegen* Ich bin begierig, euer Anliegen zu hören.

BEIDE Die Einsiedeleibewohner wissen, daß Ihr hier seid. Deshalb tragen sie Euch eine Bitte vor.

KÖNIG Was verlangen sie?

BEIDE Da der große Seher Kaṇva abwesend ist, behindern Dämonen die Opferhandlung. Deshalb soll die Einsiedelei einige Nächte von Euch und Eurem Wagenlenker beschützt werden.

KÖNIG Das Anliegen ehrt mich.

VIDŪṢAKA *heimlich zum König* Es kommt dir nur *zu* gelegen!

KÖNIG *lächelnd* Raivataka, sag dem Wagenlenker, er solle den Wagen mit meinem Bogen herbeibringen.

TÜRHÜTER Wie der Herrscher befiehlt. *Tritt ab.*

BEIDE KNABEN *freudig*

Edel von dir!
Du folgst den Ahnen würdig nach.
Für Opferhandlung ist geweiht
Purus Geschlecht,
damit die Leidenden
von Furcht Befreiung finden.

KÖNIG Geht voran. Ich werde auf dem Fuße folgen.

BEIDE Dein sei der Sieg! *Treten ab.*

KÖNIG Māṭhavya, bist du noch neugierig, Śakuntalā zu sehen?

VIDŪṢAKA Vorher ist die Neugier geradezu übergeflossen. Nun ist wegen des Vorfalls mit den Dämonen auch nicht ein Tröpfchen mehr übriggeblieben.

KÖNIG Sei nicht besorgt. Wirst du dich nicht immer in meiner Nähe bewegen?

VIDŪṢAKA Dann bin ich von den Geistern begeistert!

TÜRHÜTER *tritt auf* Der Wagen des Herrn ist bereit zum Siegesaufbruch. Nun ist aber Karabhaka mit einer Botschaft der hohen Königinmutter aus der Stadt eingetroffen.

KÖNIG *respektvoll* Hat meine verehrte Mutter ihn geschickt?

TÜRHÜTER Jawohl.

KÖNIG Führ ihn herein.

TÜRHÜTER Sogleich. *Tritt ab. Tritt mit Karabhaka wieder auf.* Dort ist der Herr. Nähere dich!

KARABHAKA Sieg sei dem Herrn! Die Königinmutter spricht: »Am vierten Tag von heute wird die Feier zu Beendigung meines Fastens stattfinden. Da wird mich der königliche Sohn gewiß mit seiner Gegenwart beehren.«

KÖNIG Hier die Pflicht gegenüber den Asketen! Dort der Befehl der verehrten Mutter! Keines von beiden darf vernachlässigt werden. Was soll ich tun?

VIDŪṢAKA Bleib wie Triśaṅku zwischen Himmel und Erde hängen.

KÖNIG Ich bin wirklich in einer schwierigen Lage.

Wie wenn dem Fluß
ein Fels entgegensteht,
reißt in ein zwiefaches Strömen
mein Sinn.
Weit auseinander
strebt die Pflicht!

Er überlegt. Freund, du wirst von meiner Mutter wie ein Sohn behandelt. Kehr du zurück, mach klar, daß die Angelegenheiten der Asketen mich ganz in Anspruch nehmen, und erfülle bei der hohen Herrin die Pflichten des Sohnes.

VIDŪṢAKA Du meinst jetzt aber nicht, daß ich mich vor den bösen Geistern fürchte?

KÖNIG *lächelnd* Wie könnte man so etwas von dir denken!

VIDŪṢAKA So werde ich gehen, wie es sich für den jüngeren Bruder des Königs gehört.

KÖNIG Die Störung des Asketenhains sollte wirklich ein Ende nehmen! Ich schicke alle Gefolgsleute mit dir zurück.

VIDŪṢAKA Da bin ich ja jetzt Kronprinz geworden!

KÖNIG *für sich* Der kleine Mann ist unzuverlässig. Er könnte den Damen des Harems von meiner neuen Liebe erzählen. Ich muß mit ihm reden. *Er nimmt den Vidūṣaka bei der Hand. Laut* Kamerad! Aus Verehrung für die Asketen gehe ich in die Einsiedelei. Das Asketenmädchen begehre ich eigentlich nicht.

Was soll mir ein Wesen,
dem Liebeslust
ein unbekanntes Wort ist,
das mit Gazellen aufwuchs?
Freund Māṭhavya, nimm einen Scherz
nicht ernst!

VIDŪṢAKA Wie könnte ich auch!

Alle treten ab.

Dritter Akt

Zwischenspiel

Ein Schüler Kaṇvas tritt auf, Gras für das Opfer in der Hand.

SCHÜLER Ein mächtiger Herrscher, dieser Duṣyanta! Kaum hat er die Einsiedelei betreten, sind unsere Zeremonien gefahrlos.

Braucht er den Bogen
mit dem Pfeil zu schärfen?
Von fern der Laut der Sehne –
die Dämonen fliehen,
als ob der Bogen brüllte.

Nun will ich den Opferpriestern dieses Darbha-Gras bringen, damit sie es um den Altar streuen. *Er geht hin und schaut. Zu jemanden außerhalb der Bühne:* Priyaṁvadā, wem bringst du die Salbe und die Lotosblätter mit den Fasern? *Er stellt das Hinhören dar.* Was sagst du? Śakuntalā ist von der Hitze schwer erkrankt? Die Pflanzen sollen ihrem Körper Kühlung bringen? Wenn das so ist, pflege sie sorgfältig! Sie ist das Augenlicht unseres Meisters Kaṇva. Ich will ihr durch die Hand der ehrwürdigen Gautamī heilsames Wasser vom Opfer schicken.

Er tritt ab.
Ende des Zwischenspiels

Der König tritt auf, mit allen Zeichen von Verliebtheit.

KÖNIG *in Gedanken, seufzend*

Ich weiß es –
mächtig ist Askese,
und die junge Schöne
bestimmt nicht über sich.
Doch dieses Herz,
es hängt an ihr.

Er stellt den Liebeskummer dar. Verärgert Großer Liebesgott und du, Mond, euch beiden sollte man doch vertrauen können. Aber ihr betrügt die Liebenden.

Blumen seien sie,
deine Geschosse,
kühle Strahlen
sende der Mond?
In meinem Zustand
erleb' ich es anders.
Aus schneeigem Schein
entläßt der Mond Feuer,
den Blumenpfeil schärfst du
zum spitzen Geschoß.

Er geht gedrückt umher Wo nur kann ich mich in meiner Niedergeschlagenheit aufheitern, nachdem die Opferhandlung beendet ist und die Priester mich verabschiedet haben? *Seufzt* Gibt es für mich überhaupt einen anderen Zufluchtsort als den Anblick der Geliebten? Ich will sie suchen. *Er schaut nach dem Stand der Sonne.* Die Zeit der größten Hitze verbringt Śakuntalā meistens mit den Freundinnen am Ufer der Mālinī, wo es Lauben von Schlingpflanzen gibt. Dorthin will ich gehen. *Er bewegt sich über die Bühne; stellt dar, wie ihn eine angenehme Berührung trifft.* Oh, hier ist es angenehm, hier geht ein Lufthauch!

Lotosblumenduftend
trägt der Lufthauch Tropfen
von den Wellen der Mālinī,
legt sich innig
auf meine Brust.

Er geht weiter und schaut sich um.

In diesem Schlingpflanzengehäuse hinter dem Schilf könnte sie sein. Ich seh' es!

Im weißen Sand beim Eingang
ganz frische Spuren
ihrer Füße!
Hinten graben sie sich tiefer,
weil dort ihr Körper
so üppig ist.

Wenn ich zwischen den Zweigen durchschaute? *Er geht hin, tut so. Freudig:* Seligkeit der Augen! Meine Liebste, meine Sehnsucht hat sich mit den beiden Freundinnen hier niedergelassen. Sie liegt auf einem Steinblock, der mit Blumen bestreut ist. Nur zu! Ich will horchen, was sie sich anvertrauen. *Er schaut.*

Śakuntalā erscheint, wie beschrieben,
mit den beiden Freundinnen.

DIE FREUNDINNEN *Śakuntalā fächelnd, liebevoll* Śakuntalā, Liebe, ist das Fächeln des Lotosblatts angenehm für dich?

ŚAKUNTALĀ Fächeln mich die Freundinnen?

Die Freundinnen sehen einander an,
Niedergeschlagenheit darstellend.

KÖNIG Śakuntalā scheint von der Krankheit stark angegriffen zu sein. *Er überlegt.* Kommt das Übel von der Hitze, oder steht es mit ihr so, wie mit mir? *Er schaut sie voll Verlangen an.* Nun aber genug gezweifelt!

Uśīra-Salbe auf der Brust,
als Armband nur die schlaffe Lotosfaser –
der Körper meiner Liebsten,
leidend,
ist begehrenswert.
Liebesglut, Sommerhitze –
beide schaffen Leiden,
doch schmeichelt dieses böse Tun der Liebe
den Mädchen mehr.

PRIYAṀVADĀ *beiseite zu Anasūyā* Anasūyā, Śakuntalā ist aus dem Gleichgewicht, seit sie den königlichen Seher das erste Mal erblickt hat. Könnte es sein, daß er der Grund ihrer Krankheit ist?

ANASŪYĀ Ich hege dieselbe Befürchtung. Wie auch immer, ich will sie fragen. *Laut* Freundin, ich muß dich etwas fragen. Denn dein Leiden ist wirklich heftig.

ŚAKUNTALĀ *den Oberkörper vom Lager aufrichtend* Was willst du sagen, Liebe?

ANASŪYĀ Wir beide sind nicht eingeweiht in Liebesdinge. Immerhin, was man aus Legenden von Verliebtheit hört, das sehe ich an dir. Erzähle! Was ist der Grund deines Leidens? Wenn man die Krankheit nicht wirklich erkannt hat, kann die Behandlung nicht beginnen.

KÖNIG Anasūyā überlegt sich dasselbe wie ich. So beruht also meine Sicht der Dinge nicht nur auf meinen Wünschen.

ŚAKUNTALĀ *für sich* Mein Verfallensein ist groß. Ich kann es auch jetzt den beiden nicht so unvermittelt bekennen.

PRIYAṀVADĀ Śakuntalā, Freundin! Anasūyā hat wahr gesprochen. Warum vernachlässigst du deine Krankheit? Tag für Tag wirst du magerer. Nur deine Lieblichkeit verläßt dich nicht.

KÖNIG Priyaṁvadā hat es richtig ausgedrückt.

So schmal die Wange,
welk der Busen,
blaß die Haut!
Eingesunken die Gestalt,
zerbrechlich.
Das Mädchen ist beklagenswert
im Griff der Liebesgotts,
und doch ein schöner Anblick,
eine Mādhavī-Ranke
im sengenden Wind.

ŚAKUNTALĀ Wem sollte ich es erzählen, wenn nicht euch? Ich fürchte aber, daß es euch belastet.

BEIDE Deshalb sind wir so hartnäckig. Leid, das man mit lieben Menschen teilt, wandelt sich zu einem Gefühl, das man ertragen kann.

KÖNIG

Nun spricht sie ihn aus,
den Grund ihres Kummers,
nach all den Fragen des Mitgefühls.
Und ich?
Obwohl sie, als sie wegging,
voll Verlangen auf mich blickte,
packt mich jetzt Angst,
was ich wohl hören werde.

ŚAKUNTALĀ Seit jener königliche Seher, der nun unseren Hain beschützt, vor meine Augen getreten ist – seit dem Zeitpunkt verzehrt mich die Sehnsucht – nach ihm.

KÖNIG *freudig* Jetzt habe ich gehört, was ich hören wollte!

Der Liebesgott,
Leidens-Entfacher,
bringt mir Linderung,
wie bei der höchsten Hitze
den Menschen
ein regenwolkenschwarzer Tag.

ŚAKUNTALĀ Wenn ihr diese Liebe billigt, so sorgt dafür, daß der königliche Seher mich mit Zuneigung betrachtet. Wenn nicht, macht euch darauf gefaßt, das Totenopfer für mich zu bringen!

KÖNIG Ein Wort, das jeden Zweifel zerstreut.

PRIYAṀVADĀ *beiseite zu Anasūyā* Anasūyā, ihre Leidenschaft, hochentbrannt, erträgt keinen Aufschub. Der Mann, der ihre Gefühle gefangen hält, ist die Zierde des Puru-Geschlechts. Deshalb scheint es mir erlaubt, daß wir ihren Wunsch gutheißen.

ANASŪYĀ Ganz wie du sagst.

PRIYAṀVADĀ *laut* Dem Geschick sei Dank! Dein Liebesstreben ist im Einklang mit der Naturordnung. Wohin soll ein großer Fluß münden, wenn nicht in den Ozean? Wer außer dem Sahakāra-Mangobaum bietet Halt für die Mādhavī-Ranke mit ihren vielen Zweigen?

KÖNIG Und was ist daran erstaunlich, daß das Frühlingsgestirn sich dem Mond zuwendet?

ANASŪYĀ Auf welchem Weg können wir den Wunsch der Freundin ohne Zeitverlust und ohne Aufsehen der Erfüllung näherbringen?

PRIYAṀVADĀ »Ohne Aufsehen«, darüber muß nachgedacht werden, »schnell«, das ist leicht zu machen.

ANASŪYĀ Wie das?

PRIYAṀVADĀ Sieht der königliche Seher in letzter Zeit nicht angegriffen aus von schlaflosen Nächten? Und wie er zärtlich auf Śakuntalā schaut, zeigt das nicht seine Leidenschaft?

KÖNIG Genau so steht es mit mir. An meinem Armband kann ich es sehen.

Liebesheiße Tränen
fließen jede Nacht
auf meinen Arm,
verdunkeln auf dem Schmuck
die hellen Steine.
Und nichts hält das Geschmeide,
wenn es vom Handgelenk zum Ellenbogen sinkt,
denn auch die Narben auf dem Vorderarm
sind hingeschwunden.

PRIYAṀVADĀ *denkt nach* Śakuntalā soll ihm einen Liebesbrief schreiben. Ich werde ihn in einer Blume verbergen und unter dem Vorwand, die Blume stamme von einem Opfer, in seine Hand gelangen lassen.

ANASŪYĀ Dieser feine Plan gefällt mir. Was sagt Śakuntalā dazu?

ŚAKUNTALĀ Hilfe stellt man doch nicht in Frage!

PRIYAṀVADĀ Dann denk über einen Liebesvers nach, den du durch eine Anspielung auf dich einleitest.

ŚAKUNTALĀ Ich denke nach. Aber mein Herz klopft, weil ich eine Zurückweisung fürchte.

KÖNIG *freudig*

Zurückweisung von ihm,
du Ängstliche,
der darauf brennt,
dich zu umarmen!
Der Liebende mag dich gewinnen
oder nicht –
wenn du liebst,
ist er dein.

DIE FREUNDINNEN Aber, aber, wie du deinem Glück im Wege stehst! Wer wird denn mit dem Saum des Kleides den erquickenden herbstlichen Mondschein abwehren?

ŚAKUNTALĀ *lächelnd* Ich bin fest an der Arbeit. *Sie setzt sich und denkt nach.*

KÖNIG Zu Recht ist mein Blick von ihr gebannt!

Sie zieht die Braue hoch
im Kampf um Verse,
ihre Wange glüht
aus Leidenschaft für mich.

ŚAKUNTALĀ Ich habe mir ein Gedicht ausgedacht. Nun fehlen aber Schreibwerkzeuge.

PRIYAṀVADĀ Ritze die Worte mit den Nägeln auf dieses Lotosblatt, das so zart ist wie die Brust eines Papageis.

ŚAKUNTALĀ *stellt das Gesagte dar* Hört nun zu, ob ich den Sinn getroffen habe.

BEIDE Wir sind gespannt.

ŚAKUNTALĀ *liest vor*

Kenn' ich dein Herz, grausamer Mann?
Mein Herz, das sich vor dir nicht retten kann,
lodert vor Liebe Tag und Nacht.

KÖNIG *plötzlich hervortretend*

Du zartes Wesen, in dir lodert Leidenschaft,
mich aber zehrt sie auf.
Verblaßt der Lotos
im Tageslicht – der Mond
verlischt.

DIE FREUNDINNEN *schauen auf und erheben sich freudig* Willkommen sei die rasche Erfüllung unseres Wunsches!

Śakuntalā will zur Begrüßung aufstehen.

KÖNIG Keine Anstrengung!

Matt liegt dein Körper
auf dem Bett von dichten Blütenblättern,
preßt aus den welken Stengeln
süßen Duft.
Er sollte sich verneigen? – Nein!

ANASUYA Möge unser Freund diese Seite der Steinbank zieren.

Der König setzt sich. Śakuntalā ist verlegen.

PRIYAṀVADĀ Es ist augenfällig: Euch beide verbindet gegenseitige Zuneigung. Mich aber versetzt die Besorgnis um die Freundin in die Rolle derjenigen, die etwas Überflüssiges sagt.

KÖNIG Teuerste, halte nichts zurück! Was man nicht sagt, obwohl man es zu sagen wünscht, verursacht Reue.

PRIYAṀVADĀ Es gibt doch ein Gesetz, das bestimmt, der König helfe einem ins Unglück geratenen Bewohner seines Herrschaftsgebiets.

KÖNIG Kein höheres als dieses.

PRIYAṀVADĀ Der mächtige Liebesgott hat unsere Freundin deinetwegen in diesen veränderten Zustand versetzt. Bitte, erhalte ihr Leben durch wohlwollende Annäherung.

KÖNIG Dieser Wunsch ist uns beiden gemeinsam. Ich bin in jeder Beziehung beglückt.

ŚAKUNTALĀ *schaut Priyaṁvadā an* Liebe, was hältst du den königlichen Seher auf, der nach den Damen seines Harems zurückverlangt?

KÖNIG Schönste!

Du wohnst in meinem Herzen,
bist sein höchstes Ziel.
Wenn du, Bezaubernde,
nun andere Gedanken hegst,
dann schlägst du
einen wunden Mann.

ANASŪYĀ Freund, man hört, daß Könige viele Frauen haben. Handle so, daß unsere Freundin für ihre Verwandten nicht Gegenstand des Bedauerns wird.

KÖNIG Verehrte, wozu viele Worte!

Viel Frauen sind in meinem Hausstand,
doch zwei Säulen
tragen dieses Haus:
die Erde bis zum Saum des Ozeans
und eure Freundin hier.

BEIDE Wir sind befriedigt.

PRIYAṀVADĀ *einen Blick werfend* Anasūyā, das aufgeregte Gazellenjunge, das hierher blickt, sucht seine Mutter. Komm! Wir wollen es ihr zuführen.

ŚAKUNTALĀ Dann bin ich ohne Schutz. Nur eine von euch soll gehen.
BEIDE Er, der die ganze Erde beschützt, ist bei dir! *Sie treten ab.*
ŚAKUNTALĀ Wie, sie sind einfach gegangen?
KÖNIG Keine Aufregung! Ich behüte dich doch.

Soll ich mit kühlen,
belebenden Lotosblättern
feuchten Lufthauch fächeln?
Oder soll ich deine rotgeschmückten Füße
auf meine Knie legen
und streicheln, Liebste,
dir zur Lust?

ŚAKUNTALĀ Ich werde mich nicht versündigen gegen Menschen, denen ich Verehrung schuldig bin. *Sie steht auf und will weggehen.*
KÖNIG Der Himmel ist noch hell. Wo du so geschwächt bist!

Wie kannst du nur
vom Lager aufstehn,
das seine Blumen
um deinen Busen hüllt,
und in die Hitze dich begeben,
die dein Körper, so zart,
nicht erträgt?

Er packt sie und zwingt sie, umzukehren.

ŚAKUNTALĀ Sohn Purus, übe Zurückhaltung! Ich bin zwar sehr verliebt, aber ich darf nicht über mich bestimmen.
KÖNIG Du Ängstliche! Nun ist es genug mit der Furcht vor dem Vater. Er kennt das Gesetz und wird dir keine Schuld anrechnen.

Von vielen Töchtern königlicher Weiser
sagt man, daß sie Liebesehen schlossen
und ihrer Väter Zustimmung erhielten.

ŚAKUNTALĀ Laß mich los! Ich will nochmals die Freundinnen um Rat fragen.

KÖNIG Gut, ich werde dich loslassen.

ŚAKUNTALĀ Wann?

KÖNIG

Ich dürste, von deinen Lippen,
meine Schönste,
wie eine Biene von der jungen,
ungebrochenen Blume,
den Nektar
zart zu rauben.

Er will ihr Gesicht emporheben. Śakuntalā wehrt mit einer Geste ab.

Hinter der Bühne

Cakravāka-Weibchen, trenn dich von deinem Männchen! Es ist Nacht geworden.

ŚAKUNTALĀ *aufgeregt* O König, hier kommt gewiß die ehrwürdige Gautamī, um sich nach meinem Ergehen zu erkundigen. Versteck dich hinter diesen Zweigen!

KÖNIG Ja. *Er versteckt sich.*

Gautamī, mit einem Gefäß in der Hand, und die beiden Freundinnen treten auf.

DIE FREUNDINNEN Hier, verehrte Gautamī!

GAUTAMĪ *auf Śakuntalā zugehend* Tochter, ist die Hitze deines Körpers leichter geworden?

ŚAKUNTALĀ Ich spüre eine Änderung zum Besseren, Ehrwürdige.

GAUTAMĪ Dieses Wasser vom Opfer wird dir noch mehr Linderung bringen. *Sie besprengt Śakuntalas Kopf mit Wasser.* Kind! Der Tag ist vergangen. Komm, wir wollen in die Hütte gehen. *Gautamī und die Freundinnen wenden sich zum Gehen.*

ŚAKUNTALĀ *für sich* Mein Herz! Als dein Glück greifbar nahe war, konntest du die ängstlichen Gefühle nicht loslassen. Wie groß ist deine Qual jetzt, wo zur Enttäuschung sich die Reue gesellt? *Sie macht einen Schritt und bleibt stehen. Laut:* Glutlöschende Rankenlaube! Lebwohl! Auf künftigen Genuß! *Sie geht traurig mit den anderen Frauen ab.*

KÖNIG *geht an den früheren Platz; seufzt* Hindernis über Hindernis, bis das Ziel erreicht ist!

Sie wandte ihr Gesicht,
die schweren Wimpern
zur Schulter.
Ich hob es her zu mir –
und küßt' es nicht!
Denn immer wieder legte sie den Finger vor die Lippen,
verwirrt durch ihre Abwehr
und so schön.

Wohin soll ich jetzt gehen? Oder nein! Gerade hier, in dieser Rankenlaube, wo es auch der Liebsten gefiel, will ich ein Weilchen bleiben. *Er schaut sich überall um.*

Die Blumenblätter auf dem Stein
mit Spuren ihres Körpers,
der welke Lotos-Liebesbrief,
das Faserarmband,
von der Hand herabgeglitten –
wie kann ich dieses Haus, auch leer,
verlassen, wenn die Augen
gebannt sind?

Unsichtbare Stimme

Das abendliche Opfer hat begonnen –
und es eilen rings ums Feuer
Schatten,
zwielichtwolkenbraun,
Schatten von Dämonen,
Gier nach Menschenfleisch,
fürchterlich!

KÖNIG Ich komme, ich komme!

Er tritt ab.

Vierter Akt

Zwischenspiel

Die beiden Freundinnen treten auf. Sie stellen das Sammeln von Blumen dar.

ANASŪYĀ Priyaṁvadā, Liebe! Zwar ist mein Herz zufrieden: Śakuntalā hat durch ihre Liebesheirat das Glück gefunden, sie ist die Frau eines ihrer würdigen Mannes geworden. Aber dennoch bleibt da ein Bedenken.

PRIYAṀVADĀ Was für eines?

ANASŪYĀ Der königliche Seher hat die Opferhandlungen abgeschlossen, ist von den Priestern verabschiedet worden und heute in die Stadt zurückgekehrt. Ob er wohl, wenn er wieder in seinen Harem geht, an das, was hier vorgefallen ist, denkt?

PRIYAṀVADĀ Mach dir keine Sorgen! Einer so einnehmenden Erscheinung entsprechen gute Charaktereigenschaften. Ich weiß allerdings nicht, was Vater Kaṇva, wenn er von dem Vorfall hört, dazu sagen wird.

ANASŪYĀ Wie ich es sehe, wird er ihn billgen.

PRIYAṀVADĀ Warum glaubst du das?

ANASŪYĀ Es ist jetzt sein wichtigstes Anliegen, Śakuntalā mit einem Mann von Vorzügen zu verheiraten. Wenn das Schicksal selbst dies zustande bringt, hat er dann nicht sein Ziel ohne Anstrengung erreicht?

PRIYAṀVADĀ *schaut den Blumenkorb an* Freundin, für das Opfer haben wir genug Blumen gesammelt.

ANASŪYĀ Wollen wir nicht die Schutzgottheit unserer lieben Śakuntalā besonders verehren?

PRIYAṀVADĀ O doch! *Sie fahren in ihrer Beschäftigung fort.*

Hinter der Bühne

Hier bin ich! Kommt herbei!

ANASŪYĀ *hinhörend* Freundin, es scheint, daß ein Gast sich angemeldet hat.

PRIYAṀVADĀ Śakuntalā ist ja in der Hütte. *Für sich* Mit dem Herzen ist sie allerdings nicht dort.

ANASŪYĀ Nun sind genug Blumen beisammen. *Sie brechen auf.*

Hinter der Bühne

Fluch dir, du Gastverächterin!

Er, der dein Denken
besetzt –
daß ich, der Erste der Asketen,
angekommen bin,
nimmst du nicht wahr –
er wird sich nicht an dich erinnern,
auch wenn du sein Gewissen weckst.
Vergessen hat er dich
wie ein Betrunkener sein Wort.

PRIYAṀVADĀ O Jammer, etwas Ungutes hat sich ereignet. Śakuntalā, in Gedanken abwesend, hat es verfehlt, jemandem den Respekt zu erweisen, den sie ihm schuldig ist. *Auf einen Ort außerhalb der Bühne blickend* Und nicht irgend jemandem! Es ist Durvāsas, der große Seher, der leicht in Zorn gerät. Er hat den Fluch ausgesprochen. Nun geht er davon, mit zittrig erregten, vor Heftigkeit hüpfenden, unaufhaltsamen Schritten. Wer außer dem Feuer hat solche verzehrende Kraft?

ANASŪYĀ Geh schnell! Wirf dich ihm zu Füßen und bewege ihn zur Rückkehr! Unterdessen stelle ich Wasser und die Gaben für den Empfang eines Gastes bereit.

PRIYAṀVADĀ Sofort! *Sie tritt schnell ab.*

ANASŪYĀ *stellt dar, wie sie einen Schritt macht und dann stolpert* O weh, aus Aufregung bin ich gestolpert und habe den Blumenkorb fallen lassen. *Sie stellt das Aufsammeln der Blumen dar.*

PRIYAṀVADĀ *tritt auf* Freundin, wer kann diesen Menschen, der von Natur aus böse ist, durch Bitten erweichen? Aber schließlich hatte er etwas Mitleid.

ANASŪYĀ *lächelnd* Bei ihm ist das schon viel. Erzähle!

PRIYAṀVADĀ Als er nicht bereit war umzukehren, bat ich ihn: »Ehrwürdiger, dieses Menschenkind kennt die Größe eurer Askese noch nicht. Ihr solltet ihm dieses eine Vergehen verzeihen. Bedenkt, daß es das erste Mal ist.«

ANASŪYĀ Und dann, und dann?

PRIYAṀVADĀ Er entgegnete: »Mein Wort steht! Aber wenn der Schmuck, der das Erkennungszeichen ist, vorgewiesen werden kann, verliert der Fluch seine Wirkung.« So sprach er und war wie vom Erdboden verschwunden.

ANASŪYĀ Jetzt kann man aufatmen! Als der königliche Seher aufbrach, gab er Śakuntalā einen Ring, der mit seinem Namen gekennzeichet ist, und sagte: »Zur Erinnerung!« So wird sie sich selbst helfen können.

PRIYAṀVADĀ Komm, Freundin! Wir wollen nun die Vorbereitung des Opfers zu Ende bringen. *Sie bewegen sich über die Bühne.*

Hinblickend Anasūyā, schau! Wie ein Bild ist unsere Freundin, das Gesicht auf die linke Hand gestützt. In Gedanken an ihren Gatten versunken, nimmt sie sich selbst nicht mehr war. Wie denn einen Ankömmling?

ANASŪYĀ Priyaṁvadā, dieser Vorfall soll unter uns bleiben Die zarte Verfassung der Freundin muß geschont werden.

PRIYAṀVADĀ Wer wird denn Navamālikā-Jasmin mit heißem Wasser besprengen?

Sie treten ab.

Ende des Zwischenspiels

Ein Schüler tritt auf, eben vom Schlaf erwacht

SCHÜLER Der ehrwürdige Kaṇva ist von der Reise zurückgekehrt. Er hat mich geheißen, ihm zu melden, welche Zeit es ist. Ich will deshalb ins Freie treten und schauen, wie es um die Nacht steht. *Er geht hin und schaut.* Oh, der Tag ist angebrochen!

Der Mond, Herr der Pflanzen,
geht zum Abendberg,
im Osten folgt dem ersten Morgenglanz
die Sonne.
Dieses Lichterpaar –
aufgehend,
sinkend –
lenkt das Weltgeschick.

Wenn der Mond sich verbirgt,
schmeichelt sogar der Lotosteich
meinem Auge nicht mehr.
Der Erinnerung
gehört seine Schönheit.
So tragen zarte Frauenblüten
die Ferne des Liebsten
als herben Schmerz.

Anasūyā, den Vorhang zur Seite schleudernd,
tritt mit Heftigkeit auf.

ANASŪYĀ Auch einem Menschen wie mir, der von der Welt abgewandt lebt, kann es nicht verborgen bleiben: Jener König handelt unehrenhaft an Śakuntalā.

SCHÜLER Ich werde jetzt dem Lehrer melden, daß die Zeit für das Opfer herangekommen ist. *Er tritt ab.*

ANASŪYĀ Hellwach bin ich, aber was soll ich tun? Hände und Füße verweigern mir den Dienst. Kāma, der Gott der Begierden, hat jetzt wenigstens seine eigene Begierde befriedigt! Er hat meine Freundin mit ihrem reinen Herzen an einen Mann geraten lassen, dessen Versprechen man nicht trauen kann. Oder wirkt sich jener Fluch des Durvāsas aus? Wie könnte es sonst sein, daß der königliche Seher, nach solchen Worten, so lange Zeit nicht einmal einen Brief schickt? Deshalb wollen Priyaṁvadā und ich ihm den Erkennungsring senden. Aber welchen von diesen Asketen, für die das Leiden etwas Alltägliches ist, kann man um einen Liebesdienst bitten? Auch wenn ich davon überzeugt bin, daß auf meine Freundin kein Tadel fällt, bringe ich es nicht über mich, Vater Kaṇva nun nach seiner Rückkehr von der Reise zu erzählen, daß Duṣyanta Śakuntalā geheiratet hat und daß sie von ihm guter Hoffnung ist. Was soll ich nur machen?

PRIYAṀVADĀ *tritt auf, freudig* Freundin! Eile, die Festlichkeiten zum Aufbruch Śakuntalās zu feiern!

ANASŪYĀ Wie denn, meine Liebe?

PRIYAṀVADĀ Hör mir zu! Eben bin ich zu Śakuntalā gegangen, um sie zu fragen, ob sie gut geschlafen hat.

ANASŪYĀ Und dann, und dann?

PRIYAṀVADĀ Vater Kaṇva war dort. Er hielt Śakuntalā, die den Kopf vor Scham gesenkt hatte, umarmt und pries sie mit folgenden Worten: »Dem Geschick sei Dank! Obwohl der Blick des Opferers vom Rauch getrübt war, ist seine Gabe ins Feuer gefallen. Mein Kind! Wie Wissen in einem guten Schüler zur Vollendung kommt, hat sich in dir das Schicksal glücklich erfüllt. Heute noch schicke ich dich in Begleitung von einigen unserer Asketen zu deinem Gatten.«

ANASŪYĀ Und wie erfuhr Vater Kaṇva von dem, was vorgefallen war?

PRIYAṀVADĀ Durch den Gesang einer unsichtbaren Stimme, als er zur Feuerstätte kam.

ANASŪYĀ *erstaunt* Erzähle!

PRIYAṀVADĀ *auf Sanskrit*

Erfahre, Brahmane,
Gedeihen der Erde:
Deine Tochter trägt
Duṣyantas Samen,
ist feuerschwangerer Śamī-Baum.

ANASŪYĀ *umarmt Priyaṁvadā* Wie gut, wie gut! – Aber dennoch: Beim Gedanken, daß Śakuntalā heute noch zu ihrem Gatten geführt wird, mischt sich in meine Freude eine schmerzliche Unruhe.

PRIYAṀVADĀ Freundin, wir werden die Unruhe überwinden. Wenn nur die arme Śakuntalā glücklich wird!

ANASŪYĀ Genau zu diesem Zweck habe ich in das runde Kokosnußkästchen hier am Ast des Mangobaumes einen Kranz aus Keśara-Blüten, die ja lange frisch bleiben, gelegt. Nimm ihn heraus! Ich will inzwischen für Śakuntalā das glückbringende Parfüm aus Gazellenessenz, heiliger Erde und Dūrva-Gras bereitstellen.

PRIYAṀVADĀ Tu das.

Anasūyā tritt ab. Priyaṁvadā stellt das Pflücken von Blumen dar.

Hinter der Bühne

Gautamī, heiße Śārṅgarava und die übrigen, sich für die Begleitung von Śakuntalā bereitzuhalten.

PRIYAṀVADĀ *lauscht* Anasūyā, beeil dich! Schon werden die Asketen, die nach Hastināpura gehen sollen, zusammengerufen.

Anasūyā tritt auf, das Gefäß mit dem Parfüm in der Hand.

ANASŪYĀ Freundin, komm, wir wollen hingehen.

Sie bewegen sich über die Bühne.

PRIYAṀVADĀ *hinblickend* Dort sitzt Śakuntalā. Ihr Haar ist noch feucht vom Bad bei Sonnenaufgang. Asketenfrauen beglückwünschen sie mit Gaben von wildem Reis und Segensworten. Wir wollen uns nähern. *Sie treten näher.*

Śakuntala erscheint, wie beschrieben, auf einem Sessel sitzend.

ERSTE ASKETIN Kind! Mögest du als Zeichen der Achtung, die dein Gatte für dich hegt, den Titel »Erste Königin« erhalten!

ZWEITE ASKETIN Mein Liebes! Sei Mutter eines Helden!

DRITTE ASKETIN Werde von deinem Mann geliebt, mein Kind!

Nach diesen Segensworten treten die Asketinnen außer Gautamī ab.

DIE FREUNDINNEN *treten hervor* Freundin, dein feierliches Bad bringe dir Glück!

ŚAKUNTALĀ Meine Lieben, seid willkommen! Setzt euch!

BEIDE *setzen sich und nehmen die Blumen und das Parfüm hervor* Mach dich bereit, wir wollen dich parfümieren und schmükken, das soll dir Glück bringen.

ŚAKUNTALĀ Wie schätze ich das! Von meinen Freundinnen geschmückt zu werden, wird mir in Zukunft ein unerreichbares Glück sein. *Sie wischt eine Träne ab.*

BEIDE Freundin, du darfst in dieser schicksalshaften Stunde nicht weinen.

Sie stellen dar, wie sie ihr die Tränen trocknen und sie schmücken.

PRIYAṀVADĀ Diese Gestalt hat anderen Schmuck verdient, als in Einsiedeleien zu finden ist!

Zwei Asketenknaben mit Kostbarkeiten in den Händen treten auf.

BEIDE Hier sind Geschmeide. Schmückt die Herrin damit!

Alle Frauen sind bei diesem Anblick voll Erstaunen.

GAUTAMĪ Nārada, mein Sohn, wie kommt das?

ERSTER KNABE Kaṇvas Macht!

GAUTAMĪ Wie, übermenschliche geistige Kräfte?

ZWEITER KNABE Keineswegs. Hört zu! Der Meister befahl uns: »Für Śakuntalā mögt ihr die Bäume ihrer Blumen berauben.« Da geschah es:

Ein linnenes Glücksgewand,
weiß wie der Mond,
hielt der eine Baum.
Ein anderer spie roten Lack,
den Fuß zu schmücken.
Nymphen streckten aus Bäumen die Hände,
eiferten dem Sprossen
der Schößlinge nach
und boten reichen Schmuck.

PRIYAṀVADĀ *schaut auf Śakuntalā* Durch diese Gunst der Natur wird klar, daß dich im Haus des Gatten königliches Glück erwartet.

Śakuntalā stellt Scheu dar.

ERSTER KNABE Gautama, komm! Kaṇvas Bad ist gewiß zu Ende. Wir wollen ihm erzählen, wie die Bäume uns geholfen haben.

ZWEITER KNABE Einverstanden. *Sie treten ab.*

DIE FREUNDINNEN Schmuck sind wir nicht gewöhnt. Aber wir werden dir die Juwelen so anlegen, wie wir es auf Malereien gesehen haben.

ŚAKUNTALĀ Ich weiß, wie geschickt ihr seid.

Beide stellen das Anlegen des Schmuckes dar.

Kaṇva, der die rituelle Waschung beendigt hat, tritt auf.

KAṆVA

Heute geht Śakuntalā fort.
Dieser Gedanke – und Trauer
erfüllt mein Herz.
Der Hals ist rauh, da er den Strom der Tränen
niederringt.
Vom Sinnen ist das Auge
matt.
Solche Verstörung mir, dem Waldasketen,
aus Liebe zu dem Kind!
Wie hart
ist wohl der Schmerz
leiblicher Väter, wenn sie ihre Tochter
ziehen lassen?

Er bewegt sich über die Bühne.

DIE FREUNDINNEN Śakuntalā, der Schmuck ist an seinem Platz. Zieh nun das Linnengewand an.

Śakuntalā steht auf und zieht die Kleider an.

GAUTAMĪ Kind, hier steht dein Ziehvater, der dich mit seinen vor Freude überfließenden Augen gleichsam umarmt. Begrüße ihn!

ŚAKUNTALĀ *schüchtern* Vater, sei gegrüßt!

KAṆVA Mein liebes Kind!

Yayāti ehrte Śarmiṣṭhā –
Sei du von deinem Gatten
in Liebe geachtet!
Wie sie Puru gebar,
sei du die Mutter
eines Allbeherrscher-Sohnes.

GAUTAMĪ Ehrwürdiger, dies ist eine Verheißung, nicht nur ein Segen.

KAṆVA Mein Kind, umwandle nun das Opferfeuer!

Alle bewegen sich von links nach rechts.

KAṆVA *betet in einem archaischen Versmaß*

Die vier geweihten Feuer
rund um den Altar,
mit Brennholz reich versehen,
grasbestreut am Saum:
Ihr Duft vertreibt das Böse.
Schutz sei'n sie auch dir!

Brich nun auf! *Wirft einen Blick.* Wo sind Śārṅgarava und die übrigen?

EIN SCHÜLER *tritt auf* Ehrwürdiger, hier sind wir.

KAṆVA Zeig deiner Schwester den Weg!

ŚĀRṄGARAVA Hier, Herrin!

Alle bewegen sich in die gezeigte Richtung.

KAṆVA O hört, ihr Bäume des Asketenhains!

Sie, die nie trinkt,
bevor ihr getränkt seid,
die sich gern schmückt,
doch euren Schößling liebreich schont,
sie, die ein Fest sich macht
aus eurer ersten Blüte –
sie geht nun fort zu ihrem Mann.
Mit Segenswünschen
sei sie bedacht!

Er stellt dar, daß er einen Kuckucksruf hört.

Der holde Ruf des Kuckucks
zeigt es an:
Śakuntalā darf gehen!
Ihre Waldverwandten selbst,
die Bäume,
haben es erlaubt.

Stimme aus der Luft

Ihr Weg sei glücklich,
lieblich mit Teichen,
die zartrot schimmern,
Sonnenglut gemildert
von Schattenbäumen,
weich wie Lotospollen
der Staub,
und es wehe ein sanfter,
ein freundlicher Wind!

Alle hören erstaunt zu.

GAUTAMĪ Kind, die Waldgottheiten, gütig wie nahe Verwandte, haben dich entlassen. Verneige dich vor ihnen!

ŚAKUNTALĀ *bewegt sich über die Bühne und verneigt sich; beiseite zu Priyaṁvadā* Meine liebe Priyaṁvadā, obwohl ich darauf brenne, meinen Mann zu sehen, versagen mir die Füße den Dienst, da ich die Einsiedelei verlassen soll.

PRIYAṀVADĀ Nicht nur du bist aufgeregt beim Abschied vom Asketenwald. Dem Wald selbst ergeht es gleich, jetzt, wo die Trennung von dir nahe ist.

Darbha-Gras lassen Rehe fallen
aus ihrem Mund,
und Pfauen hören auf zu tanzen
zu dieser Stund.
Die Ranken streuen bleiche Blätter,
sie weinen
aus gutem Grund.

ŚAKUNTALĀ *sich erinnernd* Vater, ich will mich noch von meiner Schwester, der Ranke »Waldmondschein« verabschieden.

KAṆVA Ich weiß um deine schwesterliche Liebe zu ihr. Hier ist sie, zu deiner Rechten.

ŚAKUNTALA *geht zur Ranke hin* Waldmondschein! Du bist mit dem Mangobaum in enger Umschlingung vereint. Umarme mich aber trotzdem mit den paar Zweigen, die sich hierher strecken. Bald werde ich fern von dir leben.

KAṆVA

Schon immer wünschte ich dir
einen Gatten
deiner Wesensart –
du hast ihn dir gewonnen:
Der Mangobaum gibt dem Jasmin
in Liebe Halt.
Ich habe keine Sorgen mehr
um ihn und dich.

Beginn nun deine Reise!

ŚAKUNTALĀ *zu den Freundinnen* Meine Lieben, euch lege ich die Ranke ans Herz.

DIE FREUNDINNEN Wem werden wir ans Herz gelegt? *Sie wischen Tränen ab.*

KAṆVA Anasūyā, genug geweint! Solltet nicht gerade ihr beide Śakuntalā Mut zusprechen?

Allgemeine Bewegung auf der Bühne

ŚAKUNTALĀ Vater, wenn dieses trächtige Gazellenweibchen hier, das oft in der Nähe der Hütten herumgeht, ohne Schaden geboren hat, dann laß mir die liebe Nachricht bitte durch jemanden zukommen.

KAṆVA Das werde ich nicht vergessen.

ŚAKUNTALĀ *stellt dar, daß sie etwas am Gehen hindert.* Wer hält sich denn an meinem Kleid fest? *Sie dreht sich um.*

KAṆVA Mein liebes Kind!

Heilendes Öl der Ingudī-Frucht
hast du auf den von scharfem Darbha-Gras
verletzten Mund geträufelt,
mit Hirsehäufchen aus deiner Hand
hast du sie großgezogen:
Die Gazelle,
dein Pflegling,
gibt den Weg nicht frei!

ŚAKUNTALĀ Kleines! Warum folgst du mir, die ich meine Vertrauten verlassen werde? Es stimmt, ich habe dich aufgezogen, als du kurz nach der Geburt ohne Mutter warst. Nun aber muß ich dich verlassen. Mein Vater wird für dich sorgen. Kehr also um! *Sie bricht weinend auf.*

KAṆVA

Sei fest! Versiegen laß
die Tränen, die dich hindern,
aus offenem Auge zu schauen.
Auf dem Weg voll unsichtbarer Höhen
und Tiefen
hast du sonst schwankenden Tritt.

ŚĀRṄGARAVA Meister! Es steht von alters her fest, daß liebe Menschen bis zum Saum des Wassers begleitet werden sollen. Hier ist das Ufer des Sees. Gib uns deine Anweisungen und geruhe dann umzukehren.

KAṆVA Wir wollen in den Schatten dieses Feigenbaums treten. *Alle tun so.*

KAṆVA *für sich* Was ist wohl passend als Botschaft für den königlichen Duṣyanta? *Er denkt nach.*

ŚAKUNTALĀ *beiseite zu Anasūyā* Liebe, schau! Das Cakravāka-Weibchen sieht den Gefährten nicht, er ist von einem Lotosblatt verdeckt. Nun schreit es verzweifelt: »Mir geht es schlecht!«

ANASŪYĀ Freundin, sprich nicht so!

Betrübnis verlängert die Nacht,
doch bringt das Weibchen sie hin,
denn Hoffnung hilft ihm ertragen
den harten, harten Schmerz.

KAṆVA Śārṅgarava, wenn du mit Śakuntalā vor dem König stehst, sollst du ihn mit diesen Worten von mir anreden.

ŚĀRṄGARAVA Ehrwürdiger, befiehl!

KAṆVA

Du bist von hoher Abkunft –
wir sind reich an Selbstverneinung.
Ohne das Zutun von Verwandten
gab sie dir
Liebe.
Dies alles hege
in deinem Herzen
und nimm sie auf
als eine deiner Frauen
mit gleichen Ehren.
Alles weitere bestimmt das Schicksal.
Die Verwandten schweigen.

ŚĀRṄGARAVA Ich habe die Botschaft verstanden.

KAṆVA Mein Liebes, jetzt muß ich dich unterweisen. Obschon Waldbewohner, bin ich welterfahren.

ŚĀRṄGARAVA Nichts liegt außer der Reichweite des Weisen!

KAṆVA Du wirst nun in die Familie deines Gatten aufgenommen werden.

Gehorche den Respektspersonen.
Sei eine Freundin
für die anderen Frauen.
Gib dem Zorn nicht Raum,
auch wenn dein Gatte dich quält.
Das Hausgesinde behandle
stets freundlich – laß dich nicht verblenden
vom Glück.
So erreichen junge Frauen
eine angesehene Stellung.
Sind sie aber störrisch,
hat die Familie Sorgen.

Wie denkt Gautamī darüber?

GAUTAMĪ Das ist die richtige Unterweisung für eine Braut. Kind, behalte sie in deinem Herzen!

KAṆVA Liebes, umarme nun mich und dann die Freundinnen!

ŚAKUNTALĀ Aber Vater, kommen denn Priyaṁvadā und Anasūyā nicht mit?

KAṆVA Mein Kind, auch sie sollen verheiratet werden. Es wäre nicht passend, wenn sie mit dir gingen. Gautamī wird dich begleiten.

ŚAKUNTALĀ *den Vater umarmend* Wie werde ich in einem fremden Land überleben, aus den Armen des Vaters gerissen wie ein junger Sandelbaum aus der vertrauten Erde?

KAṆVA Mein liebes Kind, warum bist du so mutlos?

Frau eines edelgeborenen Gatten,
eine erstrebenswerte Stellung!
Erfüllt von seinen bedeutenden Taten!
Und wie der Osten die Sonne gebiert,
bald Mutter eines Sohnen,
einer Lichtgestalt!
Die Trennung von mir, mein Liebes,
zählt dann nicht mehr.

Śakuntalā fällt dem Vater zu Füßen.

KAṆVA Was ich für dich erhoffe, das soll eintreffen.

ŚAKUNTALĀ *geht auf die Freundinnen zu* Meine Lieben, umarmt mich gemeinsam.

DIE FREUNDINNEN *tun wie gesagt* Freundin! Wenn der König dich vielleicht nicht sofort wiedererkennt, dann zeige ihm den Ring mit seinem Namen.

ŚAKUNTALĀ Euer Zweifel erschreckt mich.

DIE FREUNDINNEN Fürchte dich nicht! Übergroße Liebe ist stets in Sorge.

ŚĀRṄGARAVA Die Sonne hat ihren Höhepunkt überschritten. Beeile dich, Herrin!

ŚAKUNTALĀ *zur Einsiedelei gewendet* Vater, wann werde ich den Asketenwald wieder sehen?

KANVA Hör mir zu!

Lange wirst du den Gatten
mit der weiten Erde teilen.
Den Sohn, den unvergleichlichen,
wirst du vermählen.
Dann wirst du mit Duṣyanta,
der dem Sohn
Herrschaft und Hausstand
übergeben wird,
dies friedliche Asketendorf
erneut betreten.

GAUTAMĪ Kind, wir verpassen den richtigen Zeitpunkt zum Aufbruch. Bitte den Vater umzukehren. Aber sie wird ja immer wieder dasselbe sagen! Meister, kehre um!

KAṆVA Mein Liebes, du hinderst meine Askese!

ŚAKUNTALĀ *umarmt nochmals den Vater* Du bist schon vom Üben der Askese geschwächt. Betrübe dich deshalb nicht zu sehr um mich!

KAṆVA *mit einem Seufzer*

Kleines, wie kann mein Schmerz
sich legen?
Seh' ich doch jeden Tag
die Pflänzchen beim Tor zur Hütte,
entsprossen dem wilden Reis,
deiner Opfergabe.

Geh! Glück auf deinen Weg!

Śakuntalā und ihre Begleitung treten ab.

DIE FREUNDINNEN *blicken Śakuntalā nach* Wie traurig! Bereits ist Śakuntalā vom Waldsaum verdeckt.

KAṆVA *seufzt* Anasūyā, die Gefährtin eurer frommen Übungen ist fortgegangen. Überwindet euren Schmerz und folgt mir!

BEIDE Vater, wie können wir in den heiligen Wald gehen? Ohne Śakuntalā ist er eine Wüstenei.

KAṆVA Die Liebe läßt euch den Wald so sehen. *Geht in Gedanken versunken weiter.* Es ist so: Nachdem ich Śakuntalā zu ihrem Gatten geschickt habe, bin ich wieder ruhig.

Die Tochter ist fremdes Gut!
Da ich sie nun
auf den Weg zum Gatten geschickt,
ist Friede in meinem Gemüt.
Erstattet habe ich
eine Schuld.

Alle treten ab.

Fünfter Akt

König, auf einem Sessel sitzend, und Vidūṣaka

VIDŪṢAKA *lauscht* Kamerad, achte auf die Klänge aus dem Musikzimmer! Man hört Stimmübungen zu einer zarten, ausdrucksvollen Melodie. Es scheint, daß die edle Haṁsapadikā sich einsingt.

KÖNIG Sei still, ich will zuhören.

Man hört ein Lied.

Schmetterling, du,
heiß begehrend
eine stolze Blume,
hast die Orchidee geküßt.
Wie geschieht es, daß du sie vergißt,
friedlich gaukelnd
über Veilchen?

KÖNIG Ein hübsches Lied!

VIDŪṢAKA Hast du den Inhalt aber auch verstanden?

KÖNIG *lächelnd* Da ist eine Dame einmal geliebt worden. Sie tadelt mich streng, weil die Königin Vasumatī mir jetzt näher steht. Maṭhavya, Freund, überbring Haṁsapadikā von mir die Worte: »Kunstvoll bin ich getadelt.«

VIDŪṢAKA Wie der Herrscher befiehlt. *Er steht auf.* Aber, Kamerad! Wenn ich jetzt von den Händen der Dienerinnen bei meiner einzigen Haarlocke gepackt und geschlagen werde wie ein Asket von einer Himmelsnymphe, dann gibt es für mich keine Rettung.

KÖNIG Geh! Besänftige sie auf elegante Art.

VIDŪṢAKA Was tun? *Er tritt ab.*

KÖNIG *für sich* Warum bin ich, da ich dieses Lied gehört habe, so voll Sehnsucht, obwohl ich nicht von einem geliebten Menschen getrennt bin?

Ein lieblicher Anblick,
ein gewinnender Klang –
auch im glücklichen Menschen
wecken sie brennende
Sehnsucht,
Erinnerung,
dem Denken nicht bewußt,
an Leidenschaft in einem früheren Leben,
eingegraben ins Herz.

Er ist bewegt.

Der Kämmerer tritt auf.

KÄMMERER In welch elenden Zustand bin ich geraten!

Damals, als ich eingesetzt wurde
in den Frauengemächern des Palasts,
nahm ich diesen Rohrstock
im Gedanken: »Es gehört sich so.«
Nun sind viele Jahre vergangen,
und ich bin abhängig von ihm,
der Stütze
meines zittrigen Gangs.

Zugegeben, der König darf die Erfüllung seiner Pflicht nicht vernachlässigen. Dennoch macht es mir Mühe, ihm, der eben erst vom Richterstuhl aufgestanden ist, die Ankunft der Schüler Kaṇvas, eine neue Störung, zu melden. Aber das hohe Amt, für die Menschen verantwortlich zu sein, kennt kein Ausruhen.

Nie wechselt die Sonne die Pferde,
der Wind weht Tag und Nacht,
und ewig trägt die Schlange Ananta
das Gewicht der Erde.
So steht es um die Pflicht
des Herrschers für sein Volk.

Ich will daher meiner Aufgabe nachkommen. *Er bewegt sich über die Bühne und betrachtet den König.*

Wie eigene Kinder
hat er seine Untertanen
zufriedengestellt.
Nun genießt er,
beruhigt,
die Abgeschiedenheit:
Der Elephantenfürst hat Sonnenglut
ertragen,
als er seine Herden weiden ließ;
am Mittag sucht er
einen kühlen Ort.

Er tritt heran.

Der Herrscher siege! Es sind Asketen, zusammen mit Frauen, eingetroffen. Sie kommen aus den Wäldern am Fuß des Schneegebirges und bringen eine Botschaft von Kaṇva. Entscheide, was zu tun ist.

KÖNIG *respektvoll* Eine Botschaft von Kaṇva?

KÄMMERER Ja.

KÖNIG Dann teile meinem Lehrer Somarāta folgendes mit: »Wenn du die Einsiedler mit dem feierlichen Ritual willkommen geheißen hast, bringe sie bitte selbst herbei. Ich werde sie an einem für den Empfang von Asketen geeigneten Platz erwarten.«

KÄMMERER Wie der Herrscher befiehlt. *Tritt ab.*

KÖNIG *steht auf* Vetravatī, führ mich zur Feuerstätte!

TÜRHÜTERIN Diesen Weg, Herrscher!

KÖNIG *bewegt sich über die Bühne; stellt Erschöpfung dar* Jeder ist fröhlich, wenn er sein Ziel erreicht. Für Könige hat jedoch auch das Erreichen beschwerliche Folgen.

Nur gerade dem quälendsten Streben
bringt die hohe Stellung Ruhe.
Denn das Erreichte halten –
welche Last!
König Sein ist nicht Schutz
vor Mühe,
sondern die Mühe selbst:
den schweren Sonnenschirm
in der eignen Hand zu halten.

Hinter der Bühne

ZWEI HEROLDE Der König siege!
ERSTER HEROLD

Gelassen gegen deine eignen Freuden,
kämpfst Tag für Tag du um der Menschen willen.
Doch dies ist ja dein eigentliches Leben:
Die Krone eines Baums trägt Hitzequalen,
sein Schatten aber spendet Linderung
den Menschen, die in seinen Schutz sich stellen.

ZWEITER HEROLD

Die auf den falschen Weg sich aufgemacht,
hältst du, das Szepter in der Hand, zurück.
Du schlichtest Streit, und Schutz ist dein Beruf.
Wo Wohlstand herrscht, da gibt es auch Verwandte,
in dir jedoch lebt die Verwandtenpflicht
für alle Menschen.

KÖNIG Ich war so niedergeschlagen – und bin wie neu geboren.

TÜRHÜTERIN Die Plattform vor der Feuerstätte ist frisch gekalkt, und die Kuh steht bereit, Milch für das Opfer zu bringen. Begib dich hinauf, Herrscher!

KÖNIG *begibt sich hinauf und bleibt dann, auf die Schulter einer seiner Dienerinnen gestützt, stehen.* Vetravatī, was bringen wohl die Seher für eine Botschaft von Kaṇva?

Trüben Dämonen den Frieden
in diesem Hort der Weltentsagung?
Hat jemand gar den Lebewesen
im heiligen Wald
Leid zugefügt?
Ist wegen meiner Vergehen
die Pflanzenwelt verödet?
Manches vermute ich,
nichts scheint mir schlüssig.
Ich bin ganz verwirrt.

TÜRHÜTERIN Ich glaube, die Seher sind gekommen, um dem Herrscher ihre Ehrerbietung zu bezeugen. Sie sind beglückt durch eure Wohltaten.

Die Asketen mit Gautamī, Śakuntalā an ihrer Spitze, treten auf. Der Kämmerer und der Priester gehen ihnen voraus.

KÄMMERER Diesen Weg, Ehrwürdige!
ŚĀRṄGARAVA Śāradvata!

Es ist ja möglich, daß der König –
groß ist sein Anteil am Geschick –
in seiner guten Haltung
unerschüttert ist,
daß kein Stand,
auch der tiefste nicht,
vom rechten Weg abweicht.
Dennoch erscheint mir, der vom Hergebrachten
lange schon entwöhnt ist,
dieser von Menschen wimmelnde Palast
als Flammenmeer.

ŚĀRADVATA Es ist verständlich, daß ihr seit eurem Eintreten in die Stadt solche Gefühle hegt.

Die Menschen hier
in ihrem Streben nach dem Angenehmen
schaue ich an
wie ein Gebadeter den,
der von Salböl trieft,
wie ein Erleuchteter den,
der im Dunkeln tappt,
wie ein Hellwacher den in Schlaf Versunkenen,
wie ein frei Schreitender den,
der in Ketten liegt.

ŚAKUNTALĀ *stellt dar, daß sie ein böses Vorzeichen spürt* Ach, warum zuckt mein rechtes Auge?

GAUTAMĪ Kind, das schlechte Vorzeichen ist machtlos. Die Gottheiten deiner neuen Familie bringen dir Glück. *Sie geht voraus.*

PRIESTER *zeigt auf den König* Asketen! Der edle Beschützer aller Stände und Lebensstufen, soeben vom Richterstuhl aufgestanden, ist so gnädig, euch zu empfangen. Schaut ihn an!

ŚĀRṄGARAVA Brahmane, das ist lobenswert. Aber wir haben damit nichts zu schaffen.

Die Bäume neigen sich,
wenn die Früchte reif sind.
Tief hängt die regenschwere Wolke.
Auch mächtig
sind rechtschaffene Menschen
voll Demut.
So ist ihre Natur.

TÜRHÜTERIN Die Seher haben einen heiteren Gesichtsausdruck. Ich glaube, ihr Geschäft ist friedlich.

KÖNIG *erblickt Śakuntalā* Aber diese Frau!

Wer ist wohl die Verschleierte,
ihre schöne Gestalt nur schwach erkennbar,
unter den Asketen wie ein Reis
inmitten welker Blätter?

TÜRHÜTERIN Herr, ich frage mich auch und komme zu keinem Schluß. Ist ihre Erscheinung nicht lieblich?

KÖNIG Ja, aber die Frau eines andern soll man nicht anschauen.

ŚAKUNTALĀ *legt die Hand auf die Brust; für sich* Herz, was zitterst du so? Sei ruhig im Gedanken an die Liebe des Gatten.

PRIESTER *tritt vor* Diese Asketen sind nach der Vorschrift geehrt worden. Einer von ihnen bringt eine Botschaft des Meisters. Hört ihn bitte an.

KÖNIG Ich bin bereit.

ASKETEN *die Hände aufhebend* Dein sei der Sieg, o König!

KÖNIG Seid alle willkommen!

ASKETEN Deine Wünsche mögen sich erfüllen!

KÖNIG Ist euer Wandel in Askese ungestört?

ASKETEN

Wie kann das Ritual der Frommen
Störung erleiden,
wenn du es schützt?
Wie kann es Dunkles geben,
wenn die Sonne herrscht?

KÖNIG So hat mein Name »Herrscher« wirklich eine Bedeutung. Und der ehrwürdige Kaṇva ist wohlauf, der Welt zum Segen?

ŚĀRṄGARAVA Erleuchtete bestimmen selbst, wie sie sich fühlen! Er erkundigt sich nach eurem Ergehen und teilt euch folgendes mit:

KÖNIG Was läßt mich der Ehrwürdige wissen?

ŚĀRṄGARAVA »Daß der Herrscher meine Tochter nach gegenseitiger Übereinkunft geheiratet hat, findet meine Billigung, da ich euch beide liebe.

Du bist der Würd'gen Würdigster, Sakuntalā
verkörpert frommen Sinn.
So fügte der Schöpfer
zwei Ebenbürtige zusammen.
Lob sei ihm gezollt!

Empfange sie, die guter Hoffnung ist, als Gefährtin der heiligen Handlungen.«

GAUTAMĪ Herr, ich will auch etwas sagen, obwohl dies nicht vorgesehen ist.

Sie hat auf ihren Vater
nicht gewartet.
Auch du hast dich um die Verwandten
nicht bemüht.
Ein Bund zwischen euch zwei allein –
was sollen Worte noch?

ŚAKUNTALĀ *für sich* Was sagt er nun, mein Gatte?

KÖNIG Was wird mir hier vorgetragen?

ŚAKUNTALĀ *für sich* Klarer könnte das Vorgetragene nicht sein!

ŚĀRṄGARAVA Wie? Euer Gnaden sind doch äußerst erfahren in den Vorgängen der Welt.

Wenn eine Gattin
bei den eigenen Verwandten lebt,
weckt sie, so treu sie sei,
Verdacht.
Deshalb wünscht die Familie
die junge Frau beim Ehemann,
auch wenn er sie nicht liebt.

KÖNIG Hab' ich denn die Herrin geheiratet?

ŚAKUNTALĀ *für sich, verzweifelt* Herz, hier ist sie, deine Angst!

ŚĀRṄGARAVA Bereut der König etwa sein Tun und ist nicht mehr geneigt, seine Pflicht zu erfüllen?

KÖNIG Wie kommt es zu dieser Frage? Sie beruht auf einer falschen Annahme.

ŚĀRṄGARAVA Machtmenschen zeigen schamlos solchen Sinneswandel.

KÖNIG Diesen Tadel mir!

GAUTAMĪ Kind, laß deine Scheu für eine Augenblick fallen. Ich will dir den Schleier abnehmen. Dann wird der Gatte dich wiedererkennen.

KÖNIG *betrachtet Śakuntalā; für sich*

Ob ich dieser fremden,
schönen Gestalt
durch Heirat verbunden bin?
Ich weiß es nicht.
So geht es mir wie einer Biene,
die am frühen Morgen um den Jasmin kreist:
Tau verdeckt den Nektar.
Ich kann nicht nehmen –
aber auch nicht lassen.

Er verharrt in Nachdenken.

TÜRHÜTERIN Ach, wie satzungsgläubig der Herrscher ist! Welcher andere würde nachdenken, wenn ihm eine solche Schönheit einfach zugeführt wird?

ŚĀRṄGARAVA Nun, Herrscher, warum sitzt ihr so stumm da?

KÖNIG Asketen! Wie ich auch nachdenke, ich erinnere mich nicht, die Herrin geheiratet zu haben. Wie soll ich sie, die offensichtlich guter Hoffnung ist, annehmen, wenn ich im Herzen befürchte, nur der Form nach Gatte zu werden?

ŚAKUNTALĀ *heimlich zu Gautamī* Der Herrscher zieht sogar unsere Ehe in Zweifel. Warum war meine Hoffnung so groß?

ŚĀRṄGARAVA

Das fehlte noch, daß du den Weisen
beleidigst!
Er hat verziehen, daß du ihm die Tochter
verführt hast.
Gestohlnes Gut, sein Eigen,
überläßt er dir.
Du bist ein Dieb,
den man in Ehren hält!

ŚĀRADVATA Śārṅgarava, beherrsch dich jetzt! Śakuntalā! Wir haben gesagt, was zu sagen ist. Der Herrscher hat gesprochen. Gib ihm eine überzeugende Antwort!

ŚAKUNTALĀ *heimlich zu Gautamī* Was nützt es, Erinnerungen zu wecken, wenn eine Liebe sich so verändert hat? Ich bin zu beklagen, das steht fest. *Laut* Teurer Gatte... *Sie hält mitten im Satz inne* Wenn die Heirat in Frage gestellt ist, paßt diese Anrede nicht. Puru-Sohn! Es steht dir wirklich gut, mich, die ihre Gefühle offen zeigte, mit solchen Worten zurückzuweisen, nachdem du mich damals in der Einsiedelei mit einem Versprechen verführt hast.

KÖNIG *hält sich die Ohren zu* Genug von diesem Frevel!

Warum willst du
deinen Namen beflecken
und mich verderben,
wie ein reißender Fluß,
der sein Wasser trübt
und den Baum am Ufer
entwurzelt?

ŚAKUNTALĀ Wohlan! Wenn du dich so verhältst, weil du im eigentlichen Sinn des Wortes befürchtest, ich sei mit einem anderen Mann verheiratet, werde ich deine Befürchtung mit einem Erkennungszeichen zerstreuen.

KÖNIG Ein guter Vorschlag!

ŚAKUNTALĀ *berührt die Stelle am Ringfinger* O Unglück, der Ring ist fort! *Sie schaut verzweifelt auf Gautamī.*

GAUTAMĪ Sicher ist der Ring herabgeglitten, als du bei Śakrāvatāra das heilige Wasser der Śacī verehrtest.

KÖNIG *lächelnd* Ein schönes Beispiel weiblicher Geistesgegenwart!

ŚAKUNTALĀ Es ist das Schicksal, das hier seine Macht gezeigt hat. So will ich dir etwas erzählen.

KÖNIG Ich muß hören, was geschah.

ŚAKUNTALĀ Einmal, in der Jasminlaube, hast du ein Lotosblatt voll Wasser in die Hand genommen.

KÖNIG Ich bin ganz Aufmerksamkeit.

ŚAKUNTALĀ Da kam mein Pflegling, das Gazellenjunge namens Großauge, herbei. Du locktest es freundlich mit dem Wasser und sagtest: »Es soll zuerst trinken.« Aber es näherte sich dir nicht, da es nicht an dich gewöhnt war. Dasselbe

Wasser nahm es nachher vertrauensvoll von mir. Da sagtest du lachend: »Jeder vertraut den Seinigen. Ihr seid eben beide Waldbewohner.«

KÖNIG Mit solchen honigsüßen Unwahrheiten wollen die Frauen ihr Ziel erreichen. Aber sie sind nur bei Männern ohne Charakter erfolgreich.

GAUTAMĪ Herrscher, so darfst du nicht sprechen! Dieses Mädchen ist im Asketenwald aufgewachsen und kennt den Betrug nicht.

KÖNIG Verehrte Dame!

Weibliche Schlauheit
gibt's schon bei den Tieren.
Das Kuckucksweibchen schwingt sich in den Himmel –
andere Vögel hegen ihm
sein Junges.
Und erst die Menschenfrauen,
die Verstandeswesen!

ŚAKUNTALĀ *zornig* Du urteilst, wie dein eigenes, schlechtes Herz dir erlaubt. Ein Vorbild bist du wahrlich nicht: Hüllst dich in den Panzer des Rechts und bist eine mit Gras bedeckte tiefe Grube.

KÖNIG *für sich* Ihr Zorn scheint echt und macht mich unsicher.

Als ich unerbittlich –
denn ich erinnere mich wirklich nicht –
ein liebevolles Einverständnis zwischen uns
zurückwies,
zog zornig
über Flammenaugen
die Brauen sie zusammen:
Smaras Bogen brach.

Laut Teure, das Leben Duṣyantas ist offen ausgebreitet. Aber dieses Ereignis kommt darin nicht vor.

ŚAKUNTALĀ So bin ich nun eine sittenlose Frau! Und habe doch nur im Glauben an den guten Namen der Puru-Familie zu einem Mann mit Honig auf den Lippen und Gift im Herzen Zutrauen gefaßt.

ŚĀRṄGARAVA So schädlich ist Unüberlegtheit!

Wenn eine Bindung
nur auf dem Einverständnis
von Mann und Frau beruht,
tut Vorsicht ganz besonders not.
In ungeprüften Herzen
wird Liebe
zu Haß.

KÖNIG Warum glaubt ihr der Herrin und verletzt mich mit einem Wort, das einen Tadel in sich schließt?

ŚĀRṄGARAVA *unwillig* Ihr versteht alles falsch!

Von Kind auf lehrte sie
nur Wahrheit kennen –
und ihr Wort gilt nicht!
Die aber, welche im Betrug
sich üben (»Eine Wissenschaft wie andere auch!«),
die sollen Wahrheitsträger sein!

KÖNIG O du Wahrheitsfreund! So weit bin ich mit dir einverstanden. Aber was ist die Folge, wenn ich diese Frau betrüge?

ŚĀRṄGARAVA Dein Untergang!

KÖNIG Daß ein Sohn Purus den Untergang anstrebt, ist unwahrscheinlich.

ŚĀRADVATA Śārṅgarava, was hat das für einen Sinn? Die Botschaft des Meisters ist überbracht. Wir kehren um.
Zum König

Hier steht sie, deine Frau.
Nimm sie auf, oder verstoße sie!
Alles steht in der Macht
des Gatten.

Gautamī, geh voraus!

Sie brechen auf.

ŚAKUNTALĀ Wie? Dieser Betrüger hat mich beleidigt. Und auch ihr laßt mich im Stich? *Sie folgt ihnen.*

GAUTAMĪ *bleibt stehen* Śārṅgarava, mein Sohn! Śakuntalā geht hinter uns her, bitterlich klagend. Was soll das arme Kind tun, mit einem Gatten, der sie mit harten Worten zurückgewiesen hat?

ŚĀRṄGARAVA *dreht sich zornig um* Wie, du frevelhaftes Weib, du hast einen eigenen Willen?

Śakuntalā zittert vor Angst.

ŚĀRṄGARAVA Śakuntalā!

Wenn es so steht mir dir,
wie dieser Herrscher sagt,
was hat dein Vater
mit dir Verworfener zu schaffen?
Wenn dein Gewissen aber rein ist,
trägst du auch Sklaverei
im Haus des Gatten.

Du bleibst! Wir wollen hier zu einem Ende kommen.

KÖNIG Oho, Asket, warum beleidigst du die Herrin?

Den weißen Lotos weckt der Mond,
den blauen aber die Sonne.
So sind auch die Menschen verschieden.
Wer sich selbst in der Gewalt hat,
dem widerstrebt es,
die Frau eines andern zu umarmen.

ŚĀRṄGARAVA Wenn ihr das Geschehene wegen der Verbindung mit einer anderen Frau vergeßt, warum seid ihr dann so ängstlich, ein Unrecht zu begehen?

KÖNIG Ich werde den Priester fragen, wie zu entscheiden ist.

Strittig ist, ob ich
meiner Erinnerung nicht mächtig sei,
oder ob sie
Unwahres spreche.
So bleibt mir nur,
ruchlos die eigene Gattin zu verstoßen
oder in der Umarmung einer fremden Frau
mich zu beflecken.

PRIESTER Wenn so verfahren würde...

KÖNIG Ehrwürdiger, unterweise mich!

PRIESTER Die Herrin bleibt bis zur Geburt in meinem Haus. Nun könnte jemand fragen, weshalb? Dies ist der Grund: Die Erleuchteten haben dir eröffnet, daß der erste Sohn, der dir geboren werden wird, zum Weltenherrscher berufen ist. Wenn nun der Asketenenkel das Zeichen der Weltherrschaft trägt, dann heiß diese Frau willkommen und laß sie in die Frauengemächer einführen. Ist dies nicht der Fall, soll sie zu ihrem Vater zurückgebracht werden.

KÖNIG So sei es.

PRIESTER Kind, folge mir!

ŚAKUNTALĀ O große Erde! Öffne dich für mich!

Sie beginnt zu weinen; tritt mit dem Priester und den Asketen ab.

Der König, wegen des Fluchs unfähig sich zu erinnern, bleibt in Gedanken an Śakuntalā versunken.

Hinter der Bühne

Ein Wunder! Ein Wunder!

KÖNIG *lauscht* Was ist los?

PRIESTER *tritt auf; voll Erstaunen* Herrscher! Etwas Außergewöhnliches hat sich ereignet.

KÖNIG Nun?

PRIESTER Die Schüler Kaṇvas waren weggegangen –

Da klagte das Mädchen
sein Schicksal an,
streckte die Arme zum Himmel
und begann zu schreien –
bei Apsarastīrtha war es –

KÖNIG Was denn?

PRIESTER

ein Lichtstrahl blitzte,
eine Frauengestalt,
und trug sie hinweg.

Alle stellen Erstaunen dar.

KÖNIG Ehrwürdiger, eben haben wir in dieser Sache entschieden. Wozu fruchtlose Vermutungen anstellen? Ihr solltet euch Ruhe gönnen.

PRIESTER *mit einem aufmerksamen Blick* Dein sei der Sieg! *Tritt ab.*

KÖNIG Vetravatī, ich bin erschöpft. Führ mich ins Schlafgemach.

TÜRHÜTERIN Diesen Weg, Herrscher! *Sie wendet sich zum Gehen.*

KÖNIG

Jene Asketentochter,
die ich zurückgewiesen habe,
meine Frau?
Da sagt mir die Erinnerung Nein.
Aber mein Herz
in seinem Aufruhr
straft mich Lügen.

Alle treten ab.

Sechster Akt

Zwischenspiel

Der Schwager der Königs, Polizeichef, tritt auf, mit zwei Polizisten. Sie führen einen Mann, dessen Hände auf dem Rücken gefesselt sind.

POLIZISTEN *schlagen den Mann* He, du Dieb! Das ist der Ring des Königs. Sein Name ist in den Stein gegraviert. Gesteh, wo du ihn herhast!

MANN *stellt Angst dar* Seid gnädig, ihr Herren! So etwas tue ich Geringer doch nicht.

ERSTER POLIZIST Was? Hat der König etwa gedacht: »Dies ist ein berühmter Brahmane« und dir den Ring geschenkt?

MANN Hört doch bitte zu! Ich bin ein Fischer und lebe bei Śakrāvatāra.

ZWEITER POLIZIST Du Gauner, haben wir dich nach deiner Kaste gefragt?

POLIZEICHEF Halt, Sūcaka! Er soll alles der Reihe nach erzählen. Unterbrecht ihn nicht.

BEIDE Zu Befehl, Chef. Red!

FISCHER Ich ernähre meine Familie mit Netzen, Haken, was man halt zum Fischen braucht.

POLIZEICHEF *auflachend* Ein edles Gewerbe!

FISCHER Herr!

Man wird geboren
in ein Gewerbe.
Es mag verachtet sein,
man läßt es nicht im Stich.
Ungerührt tut auch der Brahmane
seine Arbeit: Tiere töten.
Im Herzen aber
ist er mild.

POLIZEICHEF Los, weiter!

FISCHER Als ich einmal einen Rotfisch stückelte, sah ich in seinem Bauch den Ring mit dem glänzenden Stein. Ich wollte ihn verkaufen. Da haben mich die Herren gefaßt. Tötet mich oder laßt mich los! Aber so und nicht anders bin ich zu dem Ring gekommen.

POLIZEICHEF Jānuka, dieser Abschaum ist ohne Zweifel ein Fischer, er stinkt nach rohem Fleisch. Daß er in den Besitz des Rings gelangte, ruft nach weiteren Ermittlungen. Wir gehen zum Palast des Königs.

POLIZISTEN Jawohl. Los, du Beutelschneider!

Alle bewegen sich über die Bühne.

POLIZEICHEF Sūcaka, bewacht diesen Mann hier am Tor, aber sorgfältig! Ich werde dem Herrrn vom Auftauchen des Rings Meldung erstatten. Sobald ich Befehl erhalten habe, kehre ich zurück.

BEIDE Ein gnädiger Empfang beim Herrscher für den Chef!

Der Polizeichef tritt ab.

SŪCAKA Jānuka, der Chef bleibt lange weg.

JĀNUKA Königen darf man sich nur zu bestimmten Zeiten nähern.

SŪCAKA Jānuka, mich juckt's, diesem Verbrecher die Henkersblumen umzubinden. *Er zeigt auf den Fischer.*

FISCHER Euer Ehren möchten doch nicht ohne Grund töten!

JĀNUKA *hinblickend* Dort kommt ja der Chef, ein Blatt in der Hand. Das ist gewiß der Befehl des Königs. Du wirst nun Fraß für die Geier – oder deine Lieben – das heißt Leichen – sehen!

POLIZEICHEF *tritt auf* Sūcaka, laß diesen Fischer frei. Daß er zu diesem Ring kam, hat seine Richtigkeit.

SŪCAKA Zu Befehl, Chef!

JĀNUKA Dieser Mensch war bei Meister Yama und ist zurückgekehrt! *Er befreit den Mann von seinen Fesseln.*

FISCHER *verneigt sich vor dem Polizeichef* Herr, wovon werde ich jetzt leben?

POLIZEICHEF Der Herrscher gibt dir diese Belohnung hier. Sie entspricht dem Wert des Rings. *Er gibt dem Mann Geld.*

FISCHER *greift danach mit einer Verbeugung* Der Herrscher ist gnädig mit mir.

SŪCAKA Ja, der wird wahrlich gnädig behandelt, den man vom Pfahl herabsteigen und auf dem Nacken eines Elephanten Platz nehmen läßt.

JĀNUKA Chef, bei *der* Belohnung muß der Ring dem Herrscher sehr viel wert sein.

POLIZEICHEF Ich glaube nicht, daß der Herr ihn wegen des wertvollen Steins schätzt. Doch als er den Ring sah, erinnerte er sich an einen teuren Menschen. Ganz verstört war der König eine Zeit lang, er, der doch sonst so beherrscht ist.

SŪCAKA Da hat ihm der Chef wirklich einen Dienst erwiesen.

JĀNUKA Warum sagst du nicht: »Diesem Herrn Fischer hier hat er einen Dienst erwiesen«? *Schaut den Mann voll Neid an.*

FISCHER Meine Herren, die Hälfte gehört euch, als Entgelt für die Blumen.

JĀNUKA So ist's recht!

POLIZEICHEF Fischersmann! Ein ganz lieber Kamerad bist du mir geworden. Unsere Freundschaft muß mit Kādambarī-Schnaps begossen werden. Auf ins Wirtshaus!

ALLE Jawohl!

Alle treten ab.

Ende des Zwischenspiels

Sānumatī, eine Apsaras, tritt auf. Sie stellt dar, wie sie von oben herabschwebt.

SĀNUMATĪ Meinen Dienst bei Apsaratīrtha habe ich versehen. Nun ist die Stunde, wo die Frommen im heiligen Weiher baden. Ich will mir unterdessen selbst ein Bild von diesem königlichen Seher machen. Ist nicht Śakuntalā durch meine Verbindung mit Menakā Teil meiner selbst? Zudem hat mich Menakā gebeten, ihrer Tochter zu helfen. *Sie schaut sich überall um.* Jetzt ist doch die Zeit des Frühlingsfestes, und dieser Königspalast schaut so ganz unfestlich aus? Ich könnte durch Versenkung alles erkennen, aber um meiner Freundin willen werde ich Zurückhaltung üben. Nun, einiges werde ich erfahren, wenn ich mich unsichtbar mache und in der Nähe dieser beiden Parkdienerinnen aufhalte. *Sie stellt das Herabsteigen dar und bleibt stehen.*

Eine Dienerin tritt auf, den Blick auf eine Mangoblüte gerichtet. Hinter ihr eine zweite Dienerin.

ERSTE DIENERIN

O Mangoblüte, rötlich
im grünen Kleid!
Du bist der Frühling selbst,
so zärtlich,
du Segen dieser Jahreszeit!

ZWEITE DIENERIN Parabhṛtikā, was murmelst du da vor dich hin?

PARABHṚTIKĀ Madhukarikā, das Kuckucksweibchen gerät außer sich, wenn es eine Mangoblüte sieht.

MADHUKARIKĀ *eilt herbei; freudig* Wie, ist der Monat Madhu da?

PARABHṚTIKĀ Ja, Honigsammlerin, dies ist dein Monat, wo du schweifst und saugst und singst.

MADHUKARIKĀ Halt mich fest! Wenn ich auf die Zehenspitzen stehe, kann ich die Mangoblüte pflücken. Ich will sie dem Liebesgott weihen.

PARABHṚTIKĀ Nur wenn wenn du mir die Hälfte von dem gibst, was er gewährt.

MADHUKARIKĀ Das ist selbstverständlich. Wir sind doch ein Herz und eine Seele, wenn auch zwei Körper. *Sie pflückt, sich auf die Freundin stützend, die Mangoknospe.* Schau! Die Mangoknospe ist noch nicht ganz aufgeblüht, doch dort, wo ich sie abgebrochen habe, verströmt sie süßen Duft. *Sie hält die Blüte in den aneinandergelegten Händen.*

Dich, Mangoblüte, weih' ich
Kāma,
der nach dem Bogen greift.
Du schärfster aller Pfeile,
triff
ins ungebundne Herz!

Sie schleudert die Mangoknospe in die Luft.

Kämmerer, den Vorhang zur Seite schleudernd, tritt zornig auf.

KÄMMERER Du darfst das nicht tun, gedankenloses Mädchen! Wenn der König das Frühlingsfest verboten hat, was unterstehst du dich, eine Mangoknospe zu brechen?

BEIDE *ängstlich* Euer Gnaden mögen verzeihen. Wir beide wissen von nichts.

KÄMMERER Habt ihr vom Befehl des Königs wirklich nichts gehört, wo sogar die Frühlingsbäume und die Vögel, die in den Bäumen hausen, ihn befolgen?

Die Mangoblüte ist entfaltet,
doch sie geizt mit Pollen.
Der rote Amaranth verharrt
als Knospe.
Dem Kuckuck ist trotz milden Winden
die Kehle zugeschnürt.
Gott Kāma selbst, scheint mir,
zieht aus dem Köcher
zaghaft, halb
den Pfeil
und steckt ihn schnell zurück.

BEIDE Groß ist die Macht des königlichen Sehers!

PARABHṚTIKĀ Euer Gnaden, erst vor wenigen Tagen sind wir beide von Mitrāvasu, dem Schwager des Herrschers, zum Dienst im königlichen Haushalt bestimmt worden, als Wärterinnen dieses Gartens. Weil wir vor kurzem eingetroffen sind, haben wir vom Vorgefallenen noch nichts gehört.

KÄMMERER Nun gut! Tut es nicht wieder!

BEIDE Euer Gnaden, wir möchten mehr wissen. Sagt uns doch, wenn wir zu hören würdig sind, aus welchem Grund der König das Frühlingsfest verboten hat.

SĀNUMATĪ Die Menschen lieben Feste. Es muß einen wichtigen Grund geben.

KÄMMERER Was alle wissen, darf ja wohl erzählt werden. Ist es möglich, daß die unselige Geschichte von der Verleugnung Śakuntalās nicht zu euren Ohren gelangt ist?

BEIDE Wir haben von Mitrāvasu alles bis zum Auftauchen des Rings gehört.

KÄMMERER Dann gibt es nur noch wenig zu erzählen. Als der König sich beim Anblick seines Rings daran erinnerte, daß er Śakuntalā geheiratet und aus Geistesverwirrung verleugnet hatte, da packte ihn die Reue.

Nun haßt er, was er früher liebte.
Das tägliche Erscheinen der Minister
hat er sich verbeten.
Schlaflos, unruhig auf dem breiten Lager,
bringt er die Nächte hin.
Und wenn er mit den Damen des Palastes
in eine Unterhaltung eintritt –
höflich wie gewohnt –
täuscht er sich in ihren Namen. Lange Zeit
bleibt er dann von der Peinlichkeit
gebeugt.

SĀNUMATĪ Das hör' ich gern!

KÄMMERER Weil das Gemüt des Herrschers aus dem Gleichgewicht ist, wurde das Fest verboten.

BEIDE DIENERINNEN Das ist recht.

Hinter der Bühne

Herrscher, komm hierher!

KÄMMERER *hinhörend* Oh, der König kommt genau dieses Wegs. Geht an eure Arbeit!

BEIDE Sogleich. *Sie treten ab.*

Der König, nachlässig gekleidet, der Vidūṣaka und die Türhüterin treten auf.

KÄMMERER *den König betrachtend* Das ist doch etwas Erfreuliches, vornehme Haltung! Der König verzehrt sich in Sehnsucht, und doch ist er ein schöner Anblick.

Den königlichen Schmuck
verschmäht er.
Nur ein Armband
trägt er auf dem Vorderarm –
dem linken!
Den blassen Mund
entstellen Seufzer.
Müde schauen die Augen,
kummerwach.
Und doch: Man nimmt die Magerkeit nicht wahr
ob seiner innern Glut:
Beim Schleifen blitzt der Diamant!

SĀNUMATĪ *den König betrachtend* Sehr begreiflich, daß Śakuntalā sich nach diesem Mann sehnt, obwohl er sie durch sein Leugnen beleidigt hat.

KÖNIG *geht nachdenklich und langsam umher.*

Mit ihrem stillen Blick
wollte die Liebste
mein Gewissen wecken.
Doch dieses Herz, es schlief.
Nun ist es wach, ganz wach –
und leidet.

SĀNUMATĪ Das arme Mädchen hat dasselbe Los!

VIDŪṢAKA *heimlich zum Kämmerer* Wieder die Śakuntalā-Krise! Wie kann er geheilt werden? Das ist die Frage!

KÄMMERER *herbeigehend* Der König siege! Majestät, ich habe das Gelände des Parks inspiziert. Ihr mögt euch den schönsten Platz zur Erheiterung aussuchen.

KÖNIG Vetravatī, richte Minister Piśuna folgendes aus: »Weil wir lange schlaflos waren, gedenken wir nicht, jetzt den Richterstuhl einzunehmen. Was ihr an Verwaltungsgeschäften behandelt habt, das übermittelt uns in schriftlicher Form.«

TÜRHÜTERIN Wie der König befiehlt. *Tritt ab.*

KÖNIG Vātāyana, geh auch du deiner eigentlichen Beschäftigung nach!

KÄMMERER Wie der Herrscher befiehlt. *Tritt ab.*

VIDŪṢAKA Die Luft ist rein! Jetzt wirst du dich in diesem Garten, der weder Kälte noch Hitze kennt, entspannen.

KÖNIG »Ein Unglück löst das andere ab.« Das ist doch ein wahres Wort!

Das Dunkel ist gewichen,
ich lebe der Erinnerung
an mein Gefühl für die Asketentochter –
und schon hat Kāma sein Geschoß bereit,
den Blütenpfeil.

VIDŪṢAKA Schau nur, wie ich mit diesem Stock den Pfeil des Liebesgottes zerstören werde. *Er hebt den Stock, um eine Mangoblüte abzuschlagen.*

KÖNIG *lächelnd* Schon gut! Deine brahmanische Schlagkraft ist erwiesen. Aber, Freund, wo soll ich mich hinsetzen. Ich will meine Augen an Ranken, die meiner Liebsten ein bißchen ähnlich sind, laben.

VIDŪṢAKA Hast du nicht deiner Dienerin Caturikā gesagt, du werdest diese Stunde in der Mādhavī-Laube verbringen, sie solle das Bild Śakuntalās, das du mit eigener Hand gemalt hast, dorthin bringen?

KÖNIG Dies könnte der Ort sein, der meinem Herzen Freude bringt. Führ mich dorthin!

VIDŪṢAKA Diesen Weg, Verehrter! *Beide gehen dorthin. Sānumatī folgt.*

VIDŪṢAKA Die Mādhavī-Laube hier, die einen juwelengeschmückten Sitz ihr eigen nennt, bietet alle ihre Blüten zum Willkommensgruß dar. Betritt sie, Verehrter, und setz dich! *Beide treten ein und setzen sich.*

SĀNUMATĪ Ich will mich in den Zweigen verstecken und das Bild meiner Freundin ansehen. Dann werde ich ihr von all den Äußerungen von Verliebtheit ihres Gatten berichten können. *Sie stellt sich hin wie gesagt.*

KÖNIG Freund, ich erinnere mich nun an alles, was mit Śakuntalā vorgefallen ist, und ich habe es dir auch erzählt. Als ich sie verleugnete, warst du nicht bei mir. Aber auch vorher hast du ihren Namen nicht erwähnt. Hattest du sie vergessen, wie ich?

VIDUṢAKA Ich hatte sie nicht vergessen. Aber als du von ihr erzähltest, sagtest du am Ende: »Nimm einen Scherz nicht ernst.« Und ich, mit meinem Verstand aus Erdklumpen, habe mich danach gerichtet. Aber das Geschick ist mächtiger.

SĀNUMATĪ Allerdings!

KÖNIG *in Gedanken verloren* Freund, hilf mir!

VIDŪṢAKA Aber, aber! Das paßt nicht zu dir. Männer von Charakter geben sich nie der Trauer hin. Sind nicht die Berge auch im Sturmwind unbewegt?

KÖNIG Kamerad, wenn ich daran denke, wie meine Ablehnung die Liebste verstört hat, gibt es für mich keinen Trost.

Sie wollte ihren Leuten folgen –
»Bleib!« tönte es da vom Asketen,
streng wie von einem Vater.
Sie blickte wieder her,
mit Augen, die vor Tränen
kaum mehr etwas sahen –
und ich blieb unerbittlich.
Das steckt hier drin
und brennt.

SĀNUMATĪ Oh, so stark bin ich Partei: Ich freue mich an seinem Leiden.

VIDŪṢAKA Ich habe eine Idee! Überirdische haben die Edle entführt.

KÖNIG Wer sonst könnte sich unterstehen, diesen Augapfel ihres Gatten überhaupt zu berühren? Menakā ist die Mutter von Śakuntalā. Ich vermute, daß ihre Gefährtinnen, die Himmelsnymphen, unsere Freundin entführt haben.

SĀNUMATĪ Daß er jetzt klar sieht, erstaunt mich nicht.

VIDŪṢAKA Wenn das so ist, kommt es sicher mit der Zeit zu einem Wiedersehen.

KÖNIG Wie das?

VIDŪṢAKA Eltern können es nicht lange ertragen, ihre Tochter unter der Trennung vom Gatten leiden zu sehen.

KÖNIG Ach, Freund!

War es ein Traum,
eine Täuschung, Geistesverwirrung,
ein vergeudetes Geschenk des Schicksals?
Es ist an mir vorbeigegangen
und kehrt nicht zurück.
Was soll meine Sehnsucht
vor diesem Abgrund?

VIDŪṢAKA Nicht doch! Ist nicht der Ring ein Beweis? Das gibt es, ein Wiedersehen, das unerklärlich, aber zwangsläufig ist.

KÖNIG *den Ring betrachtend* Der Ring ist zu beklagen.Denn er fiel von einem Ort herab, wo er nicht mehr so schnell hingelangt.

Deine Verdienste, Ring,
sind klein, wie meine.
Was geschah, beweist es:
Auf einem Rosenfinger fandst du Platz –
und fielst herab.

SĀNUMATĪ Er wäre zu beklagen, wenn er auf eine andere Hand gelangte.

VIDŪṢAKA Sag, mit welcher Absicht hast du diesen Ring mit deinem Namenszug der Herrin an den Finger gesteckt?

SĀNUMATĪ Er will dasselbe wissen wie ich.

KÖNIG Als ich aufbrach, um in meine Residenz zurückzukehren, sagte die Liebste unter Tränen zu mir: »Wie lange dauert es, bis mich mein Gatte in Ehren aufnimmt?«

VIDŪṢAKA Und dann?

KÖNIG Da steckte ich ihr diesen Ring an den Finger und sagte zu ihr:

Zähl jeden Tag
von meinem Namen eine Silbe ab.
Wenn du zum Ende kommst,
steht ein Gesandter von mir da
und führt dich, Liebste,
in mein Haus.

Dies alles habe ich Unmensch in einer Geistesverwirrung vergessen.

SĀNUMATĪ Eine hübsche Vereinbarung, aber leider vom Schicksal Lügen gestraft!

VIDŪṢAKA Wie kam der Ring in den Bauch des Rotfisches, den der Fischer »stückelte«?

KÖNIG Er glitt von der Hand unserer Freundin ins Wasser des Ganges, als sie im Śacī-Heiligtum ihre Verehrung darbrachte.

VIDŪṢAKA So muß es sich abgespielt haben.

SĀNUMATĪ Daher also zweifelte der königliche Seher, der kein Unrecht begehen will, an der Ehe mit der armen Śakuntalā! Aber Nein: Braucht eine so große Liebe ein Wiedererkennungszeichen? Wie paßt das zusammen?

KÖNIG Dieser Ring ist schuld.

VIDŪṢAKA Jetzt spinnt er!

KÖNIG

Wie konntest du den zart
gerundeten Finger verlassen,
im Wasser versinken?

Nein, eher so:

Ein unbelebtes Wesen braucht das Gute
nicht zu erkennen.
Ich aber, wie kam ich dazu,
die Liebste zurückzuweisen?

VIDŪṢAKA *für sich* Und ich sterbe vor Hunger!

KÖNIG Du unschuldig Verstoßene, tröste dieses reuegequälte Herz mit einem Wiedersehen!

Den Vorhang zur Seite schleudernd, tritt Caturikā mit einem Bild in der Hand auf.

CATURIKĀ Hier ist die Herrin gemalt. *Sie zeigt das Bild.*

VIDŪṢAKA Gut gemacht, Kamerad! Das Gefühl drückt sich in der Lieblichkeit der Landschaft aus. Mein Blick kann sich gleichsam ergehen.

SĀNUMATĪ Wirklich, der königliche Seher kann malen! Ich meinte, die Freundin stehe vor mir.

KÖNIG

Wenn etwas auf dem Bild
nicht überzeugt:
Beim Maler liegt die Schuld.
Doch immerhin: Die Darstellung
ist ihrer Schönheit auf der Spur.

SĀNUMATĪ So drückt sich Liebe aus, die von Reue gedrückt und ohne Übermut ist.

VIDŪṢAKA Hier sind ja drei Frauen abgebildet, und alle drei sind schön. Welche ist Śakuntalā?

SĀNUMATĪ Getrübte Sicht hat ein Mensch, der solche Schönheit nicht erkennt.

KÖNIG Welche hältst du für Śakuntalā?

VIDŪṢAKA Eine hast du mit aufgelöstem Haarband, herabsinkenden Blumen, Schweißtropfen auf dem Gesicht und mit seltsam aufgehobenen Armen gemalt, wie sie erschöpft neben dem von Wasser glitzernden Mangobaum steht: Ich glaube, das ist Śakuntalā. Die andern beiden sind ihre Freundinnen.

KÖNIG Richtig, Freund. Es gibt hier auch Spuren meiner Leidenschaft.

Ein Fleck vom Finger
hier am Rand
zeigt, daß der Schweiß
mir ausbricht.
Und wo die Farbe aufquillt,
fiel von meiner Wange
eine Träne.

Caturikā, diese Landschaft meines Herzens ist erst zur Hälfte gemalt. Bring mir Pinsel und Farbe!

CATURIKĀ Edler Māṭhavya, haltet das Bild, bis ich wiederkomme.

KÖNIG Ich will es selbst halten. *Tut wie gesagt.*

Die Dienerin tritt ab.

KÖNIG *seufzend*

Als die Liebste
vor mir stand,
sah ich weg,
nun werbe ich
um ihr Bild,
wie einer, der achtlos
über das flutende Wasser
hinwegzog,
in der Wüste verdurstet.

VIDŪṢAKA *für sich* Über den Fluß ist der Teure gezogen und in die Wüste geraten! *Laut* Nun, was muß noch dargestellt werden?

SĀNUMATĪ Den Ort soll er malen, der meiner Freundin der liebste war.

KÖNIG

Die Mālinī müßte man malen,
mit einem Schwanenpärchen,
das sich ins sandige Ufer schmiegt,
mit unberührten Hügeln,
wo Gazellen lagern,
am Fuß von Gaurīs Berg.
Unter dem Baum voll Bastgewändern
steht ein Reh. Es reibt sein linkes Auge
am Horn des schwarzen Männchens.

VIDŪṢAKA *für sich* Wie ich es sehe, muß er auf die Bildtafel noch Scharen von zottelbärtigen Asketen malen.

KÖNIG Noch etwas, Kamerad! Ich habe Śakuntalās liebsten Schmuck vergessen.

VIDŪṢAKA Was ist es wohl?

SĀNUMATĪ Es muß etwas sein, was zu ihrem friedlichen Leben in der Natur und zu ihrer Zartheit paßt.

KÖNIG

Die Śirīṣa-Blume ist nicht abgebildet,
wie sie, hinters Ohr gesteckt,
mit ihren Pollenfäden
die Wange streichelt,
und auch das feine Lotosfaser-Halsband,
das zwischen den Brüsten
wie ein Mondstrahl
spielt.

VIDŪṢAKA Warum verdeckt die Herrin das Gesicht mit ihren roten Lotosblattfingern, wie wenn sie sich heftig fürchtete? *Schaut aufmerksam.* Aha, dieser Räuber von Blumennektar, die Bienenbestie, fliegt gegen sie.

KÖNIG Warum vertreibst du den Frechen nicht?

VIDŪṢAKA Der Verehrte allein, der Bestrafer aller Unbotmäßigen, wird ihn zu vertreiben vermögen.

KÖNIG Das stimmt. Nun, du lieber Gast der Blumenranke, warum mühst du dich, hier umherzufliegen?

Dein Weibchen sitzt auf der Blüte
und erwartet dich,
verliebt und treu.
Den ersehnten Nektar
trinkt es nicht
ohne dich.

SĀNUMATĪ Höflich vertreibt er das Tierchen!
VIDŪṢAKA Diese Gattung ist tückisch, sie läßt sich nicht vertreiben.
KÖNIG Wie, du gehorchst meinem Befehl nicht?

Bösewicht, die Bimba-Lippe
meiner Liebsten, verlockend
wie die friedliche Knospe des Bäumlings,
nur zart geküßt von mir
im Fest der Leidenschaft –
wenn du sie nur streifst,
setz' ich dich fest
im Lotoskelch.

VIDŪṢAKA Wie soll sich die Biene nicht vor einem fürchten, der so harte Strafen verhängt. *Lacht auf. Für sich* Er hat den Verstand verloren. Und ich, ihm eng verbunden, beginne, gleiche Reden zu führen. *Laut* Wach auf! Das ist ja nur ein Bild.
KÖNIG Wie? Ein Bild?
SĀNUMATĪ Auch ich habe die Geschichte erst jetzt verstanden. Wie konnte er erkennen, daß alles nur gemalt ist?
KÖNIG Kamerad, wie konntest du so etwas Häßliches tun!

Mein Herz in seiner Liebesfülle
vermochte die Geliebte
zu schauen.
Nun zwingst du mir
Erinnerung auf.
Und wieder ist sie
nur ein Bild.

SĀNUMATĪ Diese Art des Leidens, mit Vergangenheit und Zukunft zu hadern, ist noch nie dagewesen.

KÖNIG Wie kann ich diesen Schmerz aushalten? Er läßt ja nie nach.

Sie im Traum zu besitzen –
vereitelt, denn ich bin wach.
Und auch im Bild
wird sie dem tränendunklen Auge
nicht geschenkt.

SĀNUMATĪ Der Schmerz, den du Śakuntalā durch die Verleugnung zugefügt hast, ist nun abgegolten.

CATURIKĀ *tritt auf* Sieg dem Herrn! Ich hatte das Malkästchen genommen und war auf dem Weg hierher…

KÖNIG Was dann?

CATURIKĀ …da begegnete mir die Königin Vasumatī mit ihrer Dienerin Taralikā. Sie riß mir das Kästchen aus der Hand mit den Worten: »Ich will es meinem Gemahl selbst bringen.«

VIDŪṢAKA Glück mußt du gehabt haben, daß du entwischt bist!

CATURIKĀ Wärend Taralikā das Gewand der Königin, das an einem Zweig hängengeblieben war, losmachte, habe ich das Weite gesucht.

KÖNIG Kamerad, jeden Augenblick kann die Königin hier sein. Und sie glaubt sich meiner Zuneigung sicher. Rette dieses Bild!

VIDŪṢAKA Sag lieber: Dich selbst! *Er nimmt das Bild und steht auf.* Wenn du das giftige Unheil, das aus dem Harem droht, überlebst, magst du mich aus dem Palast »Wolkenschatten« holen lassen. *Er geht mit eiligen Schritten ab.*

SĀNUMATĪ Obwohl sein Herz einer andern gehört, nimmt er Rücksicht auf eine frühere Liebe. Sie ist aber deutlich schwächer geworden.

TÜRHÜTERIN *tritt mit einer Mitteilung in der Hand auf* Sieg dem Herrscher!

KÖNIG Vetravatī, hast du auf dem Weg die Königin gesehen?

TÜRHÜTERIN Allerdings. Doch als sie sah, daß ich eine Mitteilung in der Hand hielt, kehrte sie um.

KÖNIG Sie kennt meine Pflichten und erspart mir eine Störung.

TÜRHÜTERIN König, die Mitteilung des Ministers lautet wie folgt: »An Verwaltungsgeschäften konnte nur eine Erbschaftssache geprüft werden, da die Aufnahme des umfangreichen Inventars viel Zeit beanspruchte. Das Wesentlich ist auf diesem Blatt festgehalten. Der Herrscher möge davon Kenntnis nehmen.«

KÖNIG Zeig das Blatt!

Die Türhüterin reicht es ihm.

KÖNIG *lesend* Wie? Der führende Überseekaufmann Dhanamitra ist in einem Schiffsunglück umgekommen. Und der Bedauernswerte hat keine Nachkommen! Sein Besitztum fällt dem König zu, schreibt der Minister. Welch ein Unglück, keine Nachkommen zu haben! Vetravatī! Wenn dieser Mann so reich war, hat er gewiß viele Frauen gehabt. Man muß in Erfahrung bringen, ob eine seiner Gattinnen schwanger ist.

TÜRHÜTERIN Ich habe gehört, daß vor kurzem eine seiner Frauen, die Tochter eines Kaufmanns aus Ayodhyā, das Ritual, das ihrem Ungeborenen männliches Geschlecht sichern soll, hat durchführen lassen.

KÖNIG Dann erbt doch das Kind im Mutterleib das väterliche Besitztum. Geh und sag das dem Minister!

TÜRHÜTERIN Wie der Herrscher befiehlt. *Will gehen.*

KÖNIG Komm her!

TÜRHÜTERIN Hier bin ich.

KÖNIG Spielt es denn eine Rolle, ob er direkte Nachkommen hat oder nicht?

Es sei verkündet:
Wenn einer meiner Untertanen
eines lieben Verwandten
entblößt wird,
dann steht Duṣyanta
an dessen Statt.
Übeltäter sind ausgenommen.

TÜRHÜTERIN So soll es bekanntgegeben werden. *Tritt ab. Kehrt nach einer Weile zurück.* Das Edikt des Königs ist willkommen wie Regen in der Dürre.

KÖNIG *mit einem tiefen Seufzer* So geht der Reichtum von Familien, wenn die Linie der direkten Nachkommenschaft abgebrochen ist, beim Tod des letzten männlichen Erben in fremde Hände über. Nach meinem Tod wird dies auch mit dem Glanz des Puru-Geschlechts geschehen.

TÜRHÜTERIN Übel sei fern!

KÖNIG Weh mir, der ich das Glück, das zu mir kam, verschmähte!

SĀNUMATĪ Kein Zweifel, er macht sich Vorwürfe, weil er an meine Freundin denkt.

KÖNIG

Den Ruhm meines Namens,
die Gattin vor Göttern und Menschen
hab' ich verstoßen,
ich, den sie in sich trug.
Und sie war doch die Erde, die den Samen
empfangen hat
zu großer Frucht.

SĀNUMATĪ Ungebrochen wird sie nun sein, die Linie deiner Nachkommenschaft!

CATURIKĀ *beiseite zur Türhüterin* Ach, dieser Vorfall mit dem Kaufmann hat die Verstörung unseres Herrn verdoppelt. Hol den edlen Māṭhavya vom Palast »Wolkenschatten«, damit er ihn aufheitert.

TÜRHÜTERIN Ein guter Vorschlag. *Tritt ab.*

KÖNIG Meine Ahnen bring' ich um ihre Ruhe!

Sie denken: Wenn er tot ist,
wer wird uns dann die Gaben,
die alt-verheißenen, spenden?
So trinken sie das Opferwasser,
das ich letzter des Geschlechts vergieße:
helle Tränen.

Er ist außer sich.

CATURIKĀ *sieht es mit Schrecken* Herr, fasse dich!

SĀNUMATĪ Wie traurig! Obwohl die Lampe brennt, sitzt er im Dunkeln, weil der Schirm das Licht verbirgt. Ich will ihn jetzt beruhigen. Oder Nein! Die Götter selbst – sie wollen nämlich ihren Anteil am Opfer haben – werden dafür sorgen, daß der Gatte bald die rechtmäßige Gattin willkommen heißt. Das habe ich von Indras Mutter gehört, als sie Śakuntalā tröstete. Es gehört sich daher, daß ich zuwarte. Inzwischen will ich die Freundin mit einem Bericht über die Ereignisse aufheitern. *Sie tritt ab, indem sie darstellt, daß sie sich in die Luft schwingt.*

Hinter der Bühne

Helft dem Brahmanen!

KÖNIG *kommt zu sich, lauscht* Das klingt ja wie ein Schmerzensschrei von Māṭhavya. Ist dort jemand? Herbei!

TÜRHÜTERIN *tritt auf, hastig* Der König rette seinen Kameraden! Er ist in Not.

KÖNIG Wer plagt den Kleinen?

TÜRHÜTERIN Er wurde von einem unsichtbaren Wesen gepackt und auf das Dach des Palasts »Wolkenschatten« gesetzt.

KÖNIG *aufstehend* Bis hierher und nicht weiter! Soll auch mein Haus von Gespenstern besetzt werden? Allerdings:

Weiß man denn von sich selbst,
was für Verirrungen
man Tag für Tag begeht?
Wie kann man überhaupt
erfahren,
wie die Untertanen handeln?

Hinter der Bühne

Kamerad! Rette mich!

KÖNIG *geht mit hastigen Schritten über die Bühne* Freund, keine Furcht!

Hinter der Bühne

Was, keine Furcht! Wie soll ich mich nicht fürchten? Dieser Jemand drückt meinen Kopf nach vorn und zerbricht mich wie ein Zuckerrohr.

KÖNIG *einen Blick werfend* Sofort den Bogen!

YAVANĪ *tritt mit dem Bogen in der Hand auf* Herr, hier ist der Bogen samt Handschutz.

Der König nimmt Bogen und Pfeil.

Hinter der Bühne

Ich, der ich lechze
nach frischrotem Blut,
erschlage dich,
Zappelnden, wie der Tiger
das Vieh.
Führt nicht Duṣyanta den Bogen,
Unglückliche aus Schrecknis
zu befreien?
Er steh' dir jetzt bei!

KÖNIG *zornig* Wie? Er wagt es, mich anzuzusprechen? Wart, du Leichenfresser! Dich gibt es bald nicht mehr. *Er spannt den Bogen.* Vetravatī, führ mich zur Treppe!

TÜRHÜTERIN Diesen Weg, König!

Alle eilen ihm nach.

KÖNIG *sich umschauend* Hier ist ja gar niemand!

Hinter der Bühne

Hilfe, Hilfe! Ich sehe dich, aber du siehst mich nicht. Von der Katze gepackt wie eine Maus, habe ich jede Hoffnung auf Leben aufgegeben.

KÖNIG Du wiegst dich in deiner Unsichtbarkeit, aber mein Geschoß wird dich sehen.

Den Pfeil leg' ich auf,
der dich, Verbrecher,
töten wird,
den Brahmanen aber,
dem Schonung bestimmt ist,
verschont.
Wenn Milch und Wasser vermischt sind,
nimmt sich der Königsschwan
nur die Milch.

Er legt den Pfeil auf.

Mātali, der den Vidūṣaka losgelassen hat, tritt auf.

MĀTALI

Diesem Pfeil gab Indra
Dämonen zum Ziel.
Spann deinen Bogen
gegen sie!
Auf den Freund aber richte
das Auge der Liebe!

KÖNIG *den Pfeil beiseite legend* Oh, Mātali! Willkommen, Wagenlenker Indras!

VIDŪṢAKA *tritt auf* Er hat mich wie ein Tier beim Opfer behandelt, und du heißt ihn willkommen!

MĀTALI *lächelnd* Vernimm, Herrscher, weshalb Indra mich zu dir geschickt hat.

KÖNIG Ich höre zu.

MĀTALI Es gibt eine Gruppe von Dämonen, die von Kālanemi abstammt und sich »Die Unbezwingliche Schar« nennt.

KÖNIG Ich habe von ihr gehört, aus dem Mund des großen Sehers Nārada.

MĀTALI

Dein Freund, der Herr der hundert Opfer,
kann sie nicht bezwingen.
Dich, den er als den Ersten kennt
im Kampf,
hat er bestimmt
zu ihrem Überwinder.
Zerstreut nicht der Mond
das Dunkel der Nacht,
dem die Sonne weicht?

Nimm die Waffe, besteige sogleich diesen Wagen Indras und brich auf zum Sieg!

KÖNIG Die hohe Meinung Indras ehrt mich. Aber weshalb hast du Māṭhavya so schlecht behandelt?

MĀTALI Auch dafür gibt es eine Erklärung. Ich sah den Herrscher, aus irgend einem Grund, in tiefer Bedrückung. Da tat ich etwas, was ihn in Zorn versetzen würde.

Wenn man am Brennholz sich zu schaffen macht,
schießen die Flammen hoch.
Die Schlange, die man reizt,
bläht den Kamm.
Aufruhr des Herzens gibt dem Menschen
seine Größe wieder.

KÖNIG *beiseite zum Vidūṣaka* Kamerad, Indras Bitte ist Befehl. Unterrichte Piśuna über das Vorgefallene und teile ihm folgendes mit:

Deiner Weisheit allein
ist das Wohl meines Landes
nun anvertraut.
Auf meinen Bogen ist der Pfeil gelegt
zu höherer Bestimmung.

VIDŪṢAKA Es sei, wie du befiehlst. *Tritt ab.*
MĀTALI Steig in den Wagen, Herrscher!

Der König stellt dar, wie er in den Wagen steigt.

Alle treten ab.

Siebter Akt

Der König und Mātali treten auf, eine Fahrt im Wagen durch die Luft darstellend.

KÖNIG Ich habe ausgeführt, was Indra mir aufgetragen hat. Dennoch beschämt mich das außergewöhnliche Wohlwollen, das er mir erwiesen hat.

MĀTALI *lächelnd* Es scheint mir, daß beide Seiten nicht zufrieden sind.

Die Hilfe für den Herrn der Winde
scheint dir etwas Kleines
bei der Achtung, die du erfuhrst.
Er aber, staunend über deine Tat,
schenkt ohne Rechnen
seine Huld.

KÖNIG Nicht so, Mātali! Diese liebevolle Behandlung, als er mich entließ, übertrifft alle meine Wünsche. Ließ er mich doch, in Gegenwart der Himmelsbewohner, neben sich Platz nehmen.

Korallenblüten vom Himmelsbaum,
mit Spuren
des Sandelstaubs von seiner Brust,
legte er mir um, sah lächelnd
auf Jayanta, der daneben stand,
Eifersucht im Herzen.

MĀTALI Gibt es etwas, was du vom Herrn der Unsterblichen nicht empfangen darfst?

Dein Pfeil mit scharfen Kanten,
Viṣṇus Löwenkrallen:
Zweimal sah Indra,
hochbeglückt, sein Paradies
vom Stachel der Dämonen
befreit.

KÖNIG Indras Größe allein gebührt hier der Preis.

Wenn ein Mensch
auch in dienender Stellung
Großes vollbringt,
steht fest: Sein Herr
begegnet ihm mit Achtung.
Wie könnte die Morgenröte
das Dunkel zerreißen,
wenn nicht die Sonne
sie lenken ließe?

MĀTALI Das ist richtig. *Fährt ein Stück voran.* Schau, Herrscher, wie strahlend sich dein Ruhm über das Himmelsgewölbe ausgebreitet hat.

Auf feines Linnen
vom Wunschbaum
malen die Himmlischen
dein Leben.
Sie nehmen sich dazu
das Stückchen Farbe,
das die Götterfrauen
beim Schminken übrig ließen,
und formen in Gedanken
einen Vers.

KÖNIG Mātali, vor lauter Begierde nach dem Kampf mit den Dämonen habe ich mir gestern, als wir in den Himmel aufstiegen, den Weg nicht gemerkt. In welchem Raum des Himmels bewegen wir uns?

MĀTALI

Sie nennen diese Gegend
Weg des Windes Parivaha,
den dunklen Kräften
durch Viṣṇus zweiten Schritt
entrissen. Der Dreistrom
fließt hier, und die Sterne wandeln
im Strahlenkranz.

KÖNIG Deshalb also, Mātali, fühle ich solchen Frieden in Körper und Seele. *Auf die Räder des Wagens blickend* Nun sind wir in den Weg der Wolken abgestiegen.

MĀTALI Wie erkennst du das?

KÖNIG

Die Felgen glänzen feucht
vom Dunst,
sie zeigen, daß wir über Regenwolken fahren.
Cātakas schießen
aus den Speichen hervor.
Auf dunklen Pferdeleibern
schimmern Blitze.

MĀTALI Nur noch kurze Zeit, und du bewegst dich auf deinem Gebiet, der Erde.

KÖNIG Seltsam sieht die Menschenwelt aus! Das kommt wohl daher, daß wir so schnell herabsinken.

Spitzen von Bergen recken sich,
die Erde weicht zurück.
Bäume sind Stämme,
nackt ohne Blätterkleid.
Was enges Rinnsal schien,
glänzt in die Weite
als Strom.
Wie ein Ball fliegt die Erde mir zu!

MĀTALI Gut beobachtet! *Er schaut voll Ehrfucht.* Wie lieblich und doch so erhaben ist die Erde!

KÖNIG Mātali, was für ein Gebirge sieht man dort, im Osten wie im Westen vom Ozean umspült, flüssiges Gold verströmend wie eine Wolkenbank in der Abenddämmerung?

MĀTALI Das ist der Hemakūṭa, der Berg der Kiṁpuruṣas. Für Asketen ist es der Ort der Erfüllung.

Prajāpati, der Vater
der Götter und Dämonen,
Sohn von Marīci, der Gott Brahmā
seinen Vater nennt,
pflegt der Askese dort
mit seiner Frau.

KÖNIG Was Glück verheißt, darf man nicht unbeachtet lassen. Ich will erst weitergehen, wenn ich den Ehrwürdigen umwandelt habe.

MĀTALI Sehr richtig!

Sie stellen dar, wie der Wagen herabfährt.

KÖNIG *erstaunt*

Kein Laut
tönt von den Rädern,
Staub
erhebt sich nicht.
Es scheint, daß du den Wagen
auf die Erde führst,
ohne den Boden zu berühren.

MĀTALI Das ist eben der Unterschied zwischen Indra, dem Herrn der hundert Opfer, und dir, der du ein Mensch bist.

KÖNIG Mātali, in welcher Richtung liegt die Einsiedelei von Kaśyapa?

MĀTALI *zeigt mit der Hand*

Dort, wo aus dem Termitenhaufen
eine Brust ragt, schlangenhautumwunden,
ein Hals, erwürgt fast
von verdorrten Ranken,
ein Wust von Haaren,
darin Vögel nisten –
dort, wo du einen Heiligen erblickst,
der ohne Wanken
sein Angesicht zur Sonnenscheibe
gerichtet hat.

KÖNIG Verehrung dir, der du peinvolle Askese übst!

MĀTALI *zieht die Zügel an* Großer König, wir sind angelangt in der Einsiedelei Kaśyapas, wo Aditi die Korallenbäume großgezogen hat.

KÖNIG Ein solcher Ort des Friedens steht über dem Paradies. Ich habe das Gefühl, in Nektar zu baden.

MĀTALI *den Wagen anhaltend* Steig aus, Herrscher!

KÖNIG *aussteigend* Und du, Mātali?

MĀTALI Nun hält der Wagen, und ich kann auch aussteigen. *Tut so.* Diesen Weg, Herrscher! *Er geht umher.* Schau die Gefilde der Asketen!

KÖNIG Und ob ich schaue!

Im Hain, wo Bäume
Wünsche erfüllen,
leben sie von Luft.
Versenkung üben sie auf Sitzen
von edelstem Gestein.
Umringt von Himmelsfrauen,
verneinen sie den Liebesakt.
Was andere mit harter Übung
erstreben,
ist für sie der Ort
noch härterer Kasteiung.

MĀTALI Je größer einer ist, desto höher strebt er. *Geht umher. Zu jemandem außerhalb der Szene.* Śakalya, lieber Alter! Womit ist der edle Kaśyapa beschäftigt? Was sagst du? Die Tochter Dakṣas hat eine Anfrage an ihn gerichtet, wie die Gattin ihre Aufgabe als treue Gefährtin am besten erfülle. Nun spricht er über dieses Thema zu ihr und weiteren Sehersgattinnen.

KÖNIG *der mitgehört hat* Das Thema verdient, ohne Störung behandelt zu werden.

MĀTALI *den König anblickend* Herrscher, nimm Platz am Fuß diese Aśoka-Baums. Inwischen suche ich nach einer Gelegenheit, dich Indras Vater anzukündigen.

KÖNIG Wie es dir richtig scheint. *Er setzt sich.*

Mātali tritt ab.

KÖNIG *stellt dar, wie ihn ein Vorzeichen trifft.*

Mein Herz wird nicht
Erfüllung finden.
Warum zuckst du, dummer Arm?
Verpaßtes Glück
schafft Leiden.

Hinter der Szene

Sei nicht so böse! Ach, diese wilde Art!

KÖNIG *horchend* Das ist nicht der Ort für schlechtes Benehmen. Wer muß denn hier zurechtgewiesen werden? *Er schaut, woher die Worte kommen. Erstaunt* Oho, und wer ist dieser ganz unkindliche Knabe, den zwei Asketinnen nicht aus den Augen lassen?

Er schleift ein Löwenjunges,
einen Säugling,
an der zerrauften Mähne herbei –
zum Spielen!

Der Knabe, wie beschrieben, mit den beiden Asketinnen, tritt auf.

KNABE Öffne dein Maul, Löwe! Ich will deine Zähne zählen.

ERSTE ASKETIN Unhold! Warum quälst du Wesen, die Kinder sind wie unsre eigenen? Deine Lust am Zwingen wird immer größer. Zu Recht nennen dich die Seher »Alleszwinger«.

KÖNIG Warum erwärmt sich mein Herz für diesen Knaben wie für einen eigenen Sohn? Die Kinderlosigkeit macht mich so weich.

ZWEITE ASKETIN Die Löwenmutter wird sich auf die stürzen, wenn du ihr Junges nicht losläßt.

KNABE *lacht* Oho! Jetzt hab' ich aber Angst! *Er schiebt verächtlich die Unterlippe vor.*

KÖNIG

Der Keim zu großer Kraft
liegt in dem Kind.
Die Funken springen, auf Nahrung wartet
die Flamme.

ERSTE ASKETIN Kind, laß den kleinen Löwen los! Ich werde dir ein anderes Spielzeug geben.

KNABE Wo hast du es? Gib es her! *Er streckt die Hand aus.*

KÖNIG Wie? Er trägt das Zeichen eines Weltenherrschers?

Diese begehrlich ausgestreckte Hand
trägt ein feines Netz.
Sie gleicht der Lotosblüte
mit dichten Blättern,
wenn der erste Strahl
der Morgenröte
sie trifft.

ZWEITE ASKETIN Suvratā, er läßt sich nicht mit Worten bändigen. Geh! In meiner Hütte steht ein bunt lachender Pfau aus Lehm; er gehört dem Seherknaben Mārkandeya. Bring ihn hierher!

ERSTE ASKETIN Sogleich. *Tritt ab.*

KNABE Unterdessen spiel' ich mit dem da. *Schaut die Asketin an und lacht.*

KÖNIG Dieses fordernde Kind rührt an mein Herz.

Zutraulich klettert der Sohn
dem Vater auf den Schoß.
In absichtslosem Lächeln
blitzen die Knospenzähne.
Unbestimmte Laute
künden von der Gabe
des Worts.
Der Vater, schmutzig
vom Staub der kleinen Füsse,
ist reich beschenkt.

ASKETIN So ist es eben. Ich zähle nicht für ihn. *Sie schaut sich um.* Ist keiner der Asketensöhne hier? *Erblickt den König.* Edler Fremder, kommt bitte herbei! Befreit das Löwenjunge! Er läßt es nicht los, weil er mit ihm spielen will.

KÖNIG *herbeigehend, mit einem Lächeln* Nun, du Sohn eines großen Asketen!

Warum befleckst du
mit deiner rohen Tat
den Frieden der Einsiedelei –
Gabe deiner Geburt
und Segen für alle Wesen –
wie eine kleine schwarze Schlange
den Sandelbaum?

ASKETIN Herr, er ist kein Asketensohn.

KÖNIG Das zeigt sein Handeln, und das Handeln entspricht dem Aussehen. Ich glaubte, er sei ein Asketensohn, weil er an diesem Ort lebt. *Er tut, wie gebeten und kommt, herantretend, in Berührung mit dem Knaben. Für sich*

Wohlgefühl in allen Gliedern
schafft mir die Berührung
dieses unbekannten Knaben.
Welch große Freude bringt er dem,
der ihn erzeugt hat!

ASKETIN *beide betrachtend* Ein Wunder!

KÖNIG Verehrte, was gibt es?

ASKETIN Ich staune über die sprechende Ähnlichkeit zwischen diesem Knaben und Euch. Und obwohl er nicht an Euch gewöhnt ist, scheint er beinahe zutraulich.

KÖNIG *den Knaben streichelnd* Wenn er kein Asketensohn ist, welches ist dann seine Familie?

ASKETIN Das Geschlecht Purus.

KÖNIG *für sich* Wie, er hat dieselbe Abkunft wie ich? Deshalb wohl meint die Asketin, daß er mir gleiche. Nun, es gibt ja in der Puru-Familie dieses Gelübde über die Gestaltung des Lebensendes.

Als Beschützer dieser Erde
wünschen sie sich eine Wohnstatt
in Palästen, die den Sinnen schmeicheln.
Doch später ist ihr Haus
die Wurzel eines Baumes,
Entsagung dem Entsagenden.

Laut Die Sterblichen kommen aber nicht durch eigenes Zutun hierher?

ASKETIN Es ist, wie Ihr sagt. Seine Mutter konnte den Knaben in diesem Asketenhain gebären, weil sie mit einer Apsaras verwandt ist.

KÖNIG *verstohlen* Wieder etwas, was mir Hoffnung macht. *Laut* Was ist der Name des königlichen Sehers, dessen Gattin jene Herrin ist?

ASKETIN Wer wird dem Namen des Mannes, der seine rechtmäßige Gattin verstoßen hat, einen Gedanken schenken?

KÖNIG *für sich* Diese Geschichte kommt mir bekannt vor! Wenn ich nun nach dem Namen der Mutter des Kindes fragte? Aber nein, es gehört sich nicht, über die Frau eines anderen Mannes zu reden.

ERSTE ASKETIN *tritt mit einem Pfau aus Lehm in der Hand auf* Sarvadamana! Schau, wie der Śakunta lacht!

KNABE *um sich schauend* Wo ist Mama?

BEIDE Wie er an der Mutter hängt! Er glaubte, ihren Namen zu hören.

ZWEITE ASKETIN Kind, sie hat zu dir gesagt: »Schau, wie hübsch dieser Śakunta ist!«

KÖNIG *für sich* Wie, Śakuntalā ist der Name seiner Mutter! Es gibt allerdings Namensgleichheit. Soll mich denn allein der Klang eines Namens, wie ein Trugbild, in Verzweiflung stürzen können?

KNABE Dieser Pfau ist lieb, er gefällt mir.

ERSTE ASKETIN *schaut aufgeregt hin* Oh, er trägt sein Armband mit dem Glücksanhänger nicht mehr!

KÖNIG Keine Aufregung! Ist es nicht hier? Es hat es beim Raufen mit dem Löwenjungen verloren. *Er will es aufheben.*

BEIDE Nein! Nein! Wie, er hat es einfach aufgehoben? *Sie legen, als Zeichen des Erstaunens, die Hand auf die Brust und sehen einander an.*

KÖNIG Warum soll mit das verboten sein?

ERSTE ASKETIN Hört, großer König! Diese Zauberpflanze, Aparājitā genannt, hat er am Tag der Geburtszeremonien vom ehrwürdigen Kaśyapa erhalten. Wenn das Armband zu Boden fällt, darf außer Vater, Mutter und ihm selbst niemand es aufheben.

KÖNIG Und wenn ein anderer es aufhebt?

ERSTE ASKETIN Verwandelt es sich in eine Schlange und beißt.

KÖNIG Hab ihr diese Verwandlung einmal mit eigenen Augen gesehen?

BEIDE Mehrmals!

KÖNIG *für sich, freudig* Soll ich mich nicht freuen, wenn mein Wunsch so vollständig in Erfüllung geht? *Er umarmt den Knaben.*

ZWEITE ASKETIN Suvratā, komm! Wir wollen Śakuntalā in ihrer Abgeschiedenheit von diesem Vorfall berichten. *Sie treten ab.*

KNABE Laß mich los! Ich will zu Mama!

KÖNIG Mein Kleiner, mit mir zusammen wirst du die Mutter umarmen.

KNABE Duṣyanta ist mein Vater, nicht du.

KÖNIG *lächelnd* Diese Widerrede ist Beweis genug.

Śakuntalā tritt auf, das Haar nach Art der Witwen schlicht gekämmt.

ŚAKUNTALĀ Sarvadamanas Armband, so haben sie gesagt, hat seine Gestalt behalten, obwohl es sich hätte verwandeln müssen. Aber ich wage nicht zu hoffen, daß das Glück zu mir zurückkehrt. Wenn aber doch Wirklichkeit würde, was Sānumatī erzählt hat –

KÖNIG *Śakuntalā anschauend* Das ist sie, die edle Śakuntalā!

Grau gekleidet,
mit schmalen Wangen,
glattem Haar,
lebt sie reinen Herzens
die lange Treue zu mir,
der kein Erbarmen kannte.

ŚAKUNTALĀ *erblickt den König, der vor Gewissensqual blaß geworden ist* Er schaut nicht aus wie mein Gatte. Aber wer kann meinen Sohn trotz seines bannenden Schmuckes berühren?

KNABE *zur Mutter hingehend* Mama, wer ist dieser Mann? Er umarmt mich und sagt zu mir »Sohn«.

KÖNIG Liebste! Die Grausamkeit, die ich gegen dich begangen habe, nimmt ein freundliches Ende: Ich darf jetzt erleben, daß du mich wiedererkennst.

ŚAKUNTALĀ *für sich* Herz, faß Mut! Das Schicksal hat von seiner Feindschaft abgelassen und sich meiner erbarmt. Dies ist wirklich mein Gatte!

KÖNIG Liebste!

Erinnerung
warf Licht
in die Nacht meiner Täuschung.
Du, Schöne, stehst vor mir!
Rohinī hat das Dunkel
besiegt und nähert sich
dem Mond.

ŚAKUNTALĀ Mein lieber Mann, dein sei... *Tränen hindern sie am Sprechen.*

KÖNIG Teure!

Tränen ersticken das Wort »Sieg«.
Doch der Sieg ist mein.
Ich habe dich gesehen,
deine blassen Lippen,
dein schutzloses Gesicht.

KNABE Mutter, wer ist das?

ŚAKUNTALĀ Kind, frag dein gutes Geschick.

KÖNIG *Śakuntalā zu Füßen fallend*

Mein Verkennen
darf dich nicht mehr schmerzen.
Übermächtig war der Wahn.
Wer so befangen ist,
kann auch sein Glück
nicht sehen.
Bekränze einen Blinden
mit Blumen:
Er wirft sie auf die Erde
als Schlangen.

ŚAKUNTALĀ Steh auf, mein Gatte! Gewiß hat damals eine Tat von mir in einem früheren Leben ihre Wirkung erlangt und mein Glück verhindert. So konnte es geschehen, daß du, der so mild gesinnt ist, lieblos gegen mich warst. *Der König steht auf.* Aber wie hast du mich Unglückliche wiederkannt?

KÖNIG Wenn ich den Stachel des Schmerzes ganz herausgezogen habe, werde ich es sagen können.

Diese Träne floß damals
über deine Wange,
und ich sah sie nicht
in meinem Wahn.
Jetzt hängt sie in der Rundung
deiner Wimpern.
Wenn ich sie trocknen darf,
ist mein Gewissen wieder leicht.

ŚAKUNTALĀ *den Ringe erblickend* O lieber Mann, das ist ja der Ring!
KÖNIG Mit dem Ring war die Erinnerung wieder da.
ŚAKUNTALĀ Er hat sich schlecht benommen. Als ich meinen Gatten überzeugen mußte, war er nicht zu finden.
KÖNIG Nun soll die Ranke eine Blüte erhalten, zum Zeichen, daß sie sich mit dem Frühling verbunden hat.
ŚAKUNTALĀ Ich traue ihm nicht. Mein Gatte soll ihn tragen.
MĀTALI *tritt auf* Glückes genug! Du bist mit deiner treuen Gattin vereinigt und hast dein Kind erblickt.
KÖNIG Mein Wunsch hat süße Frucht getragen. Aber, Mātali, weiß Indra von diesem Ereignis?
MĀTALI *lächelnd* Gibt es für die Götter etwas, was unsichtbar ist? Komm, Herrscher, der ehrwürdige Kaśyapa will dich sehen.
KÖNIG Śakuntalā, nimm den Knaben! Ich will dich vorausgehen lassen, wenn wir den Erhabenen aufsuchen.
ŚAKUNTALĀ Ich schäme mich, mit meinem Mann zusammen zu den Eltern zu gehen.
KÖNIG Bei festlichen Gelegenheiten ist das üblich. Komm!

Alle bewegen sich über die Bühne.

Es erscheint Kaśyapa, auf einem Sessel sitzend, mit Aditi.

KAŚYAPA Aditi!

Jene Herrschergestalt,
Vorhut in den Kämpfen deines Sohnes,
ist Duṣyanta.
Sein Bogen tat die Arbeit
des Donnerkeils.
Indras spitze Waffe
ist nun Schmuck.

ADITI Seine Erscheinung strahlt Würde aus.
MĀTALI Diese beiden, Vater und Mutter der Götter, sehen dich liebevoll an wie einen Sohn. Nähere dich ihnen!
KÖNIG

Dakṣa und Marīci
sind die Väter dieses Paares,
nur eine Stufe
steht zwischen ihm und Brahmā.
Es ist – die Seher haben es gekündet –
Urgrund des Lichts, das zwölffach scheint,
es hat den Herrn der Dreiwelt,
den Ersten aller Götter, gezeugt,
Raum gab es für das Werden
des höchsten Wesens,
das noch über Brahmā ist.

MĀTALI Ja gewiß!
KÖNIG *fällt auf die Knie* Duṣyanta, Indras Diener, grüßt euch.
KAŚYAPA Mein Sohn, lebe in Frieden! Beschütze die Erde!
ADITI Mein Sohn, kein Gegner sei dir ebenbürtig!
ŚAKUNTALĀ Ich neige mich mit meinem Kind zu euren Füßen.
KAŚYAPA Meine Tocher!

Indra, dem Zertrümmerer,
gleicht dein Gatte,
dein Knabe ist das Ebenbild Jayantas.
Kein andrer Segen
gelte dir, als dieser:
Sei wie Paulomī!

ADITI Kind, sei der liebste Gedanke deines Gatten! Lang lebe der Knabe und bringe Vater und Mutter Freude. Setzt euch!

Alle setzen sich zu beiden Seiten von Kaśyapa.

KAŚYAPA *jeden einzeln ins Auge fassend*

Gelobt sei das Geschick!
Es hat Śakuntalā, die Fromme,
das wohlgeborene Kind,
den Herrscher,
gleichsam die Dreiheit
Treue, Wachstum und Charakter,
hier vereint.

KÖNIG Erhabener! Zuerst die Erfüllung meines Wunsches, dann eure Gegenwart. Ohnegleichen ist eure Huld.

Auf die Blüte folgt die Frucht,
auf die Wolken Regen.
Zuerst die Ursache,
dann die Wirkung.
Hier aber stand Gelingen
vor Gnade.

MĀTALI So gütig sind die Schöpfer-Eltern.

KÖNIG Erhabener! Eine Liebesheirat verband eure Dienerin hier und mich. Als Abgesandte Kaṇvas sie eines Tages zu mir brachten, habe ich sie – meine Erinnerung verließ mich – verleugnet und damit euren Verwandten Kaṇva beleidigt. Später, als ich den Ring erblickte, habe ich mich daran erinnert, daß ich sie geheiratet hatte. Dies alles erscheint mir seltsam.

Beim Anblick eines Elephanten
zu sagen: »Das ist kein Elephant«,
leise zu zweifeln,
wenn er weiterschreitet,
Gewißheit zu empfinden,
wenn man seine Spuren
betrachtet:
So erging es mir.

KAŚYAPA Mein Sohn, genug der Selbstvorwürfe! Du warst Opfer einer Sinnestäuschung. Hör zu!

KÖNIG Ich höre.

KAŚYAPA Als Menakā von Apsaratīrtha zu Aditi zurückkehrte und die ganz verzweifelte Śakuntalā mitbrachte, da erkannte ich sogleich durch Versenkung, daß dieses arme Kind, deine Gattin vor Göttern und Menschen, wegen eines Fluchs des Durvāsas von dir zurückgewiesen worden war. Ein anderer Grund bestand nicht. Und dieser Fluch war bestimmt, mit dem Erscheinen des Rings zu enden.

KÖNIG *erleichtert* So bin ich von Schuld befreit.

ŚAKUNTALĀ *für sich* Dem Geschick sei Dank! Mein Mann hat mich nicht ohne Anlaß verleugnet. Ich erinnere mich allerdings nicht an einen Fluch. Könnte es sein, daß ich ihn nicht wahrnahm, weil ich in den Kummer der Trennung versunken war? Deshalb wohl ermahnten mich die Freundinnen, dem Gatten den Ring zu zeigen.

KAŚYAPA Mein Kind, du kennst nun die Zusammenhänge. Trag keinen Groll gegenüber dem Gatten, der dir nach Recht und Sitte angetraut wurde.

Du wurdest abgewiesen
wegen eines Fluchs
vom Gatten, dem Erinnerung
verstellt war.
Nun, da er klar sieht,
kannst du herrschen über ihn.
So bleibt auf einem staubigen Spiegel
die Gestalt verschwunden,
auf einem sauberen
ist sie zum Greifen nah.

KÖNIG Ehrwürdiger, hier steht der Ruhm meiner Familie. *Faßt den Knaben bei der Hand.*

KAŚYAPA Das ist er, und er wird Weltenherrscher sein.

Über die Meere eilt er,
dem kein Gegner wird,
auf flügelleichtem Wagen
und erringt die weite Erde.
Hier nennen wir ihn »Alleszwinger«,
weil er den Tieren
seinen Willen aufzwingt.
Dort wird er Bharata geheißen,
weil das Volk der Bhārata
ihm huldigt.

KÖNIG Erhabener, ihr habt ihn nach der Geburt geweiht. Von ihm können wir alles erhoffen.

ADITI Ehrwürdiger! Kaṇva soll erfahren, wie glücklich sich die Wünsche seiner Tochter erfüllt haben. Menakā, die zärtliche Mutter, ist ja bereits hier.

ŚAKUNTALĀ *für sich* Die Erhabene hat meinen eigenen Wunsch ausgesprochen.

KAŚYAPA Durch die Macht seiner Askese ist ihm alles gegenwärtig.

KÖNIG Dann ist also der Seher nicht mehr ergrimmt über mich?

KAŚYAPA Trotzdem, das Gute, das sich ereignet hat, muß ihm unterbreitet werden. Ist dort jemand?

SCHÜLER *tritt auf* Ehrwürdiger, hier bin ich.

KAŚYAPA Gālava, eile durch die Lüfte zu Kaṇva und sag ihm von mir die Glücksbotschaft, daß der Fluch jenes Mannes die Wirksamkeit verlor, Duṣyanta die Gabe der Erinnerung wieder erlangte und Śakuntalā mit ihrem Sohn in die Arme geschlossen hat.

SCHÜLER Wie der Ehrwürdige befiehlt. *Tritt ab.*

KAŚYAPA Mein Sohn, besteige auch du mit deiner Gattin und dem Sohn den Wagen deines Freundes, des Zertrümmerers, und kehre in deine Königsstadt zurück.

KÖNIG Erhabener, wie du es befiehlst.

KAŚYAPA

Flutenden Regen schenke Indra
deinem Land,
erfreue du die Götter
nach ihres Herzens Lust
mit Opfern.
So sollt ihr Hunderte von Lebensaltern
einander Gutes tun und beide Welten
beschenken.

KÖNIG Um diesen Segen, Erhabener, werde ich mich mit allen Kräften mühen.

KAŚYAPA Mein Kind, was kann ich weiter Gutes für dich tun?

KÖNIG Kann das Geschehene übertroffen werden? Wenn du aber hier etwas Gutes tun willst, so erlaube dem Schauspieler ein Wort.

Gütig begegne der Herrscher dem Volk.
Sarasvatī empfange
die Huldigung der Dichter.
Mich aber löse Śiva Nīlalohita
aus den Fesseln des Seins.

Alle treten ab.

ENDE

Anhang

Anmerkungen

Vorspiel

S. 38 Die Trompetenblume (Bignonia suaveolens) ist eine Kletterpflanze, rosa und stark duftend.

Śirīṣa: Acacia (sirissa), Akazie oder Mimose. Kleine gelbe Blüten, Staubfäden sichtbar.

1. Akt

S. 39 »Immer wieder wirft sie...«: Abhinavagupta zitiert dieses Gedicht in seinem Kommentar zum *Nāṭyaśāstra* als Beispiel der poetischen Verwandlung des Gefühls von Furcht in einen Genuß bereitenden *rasa*.

S. 40 *Cāmara*-Busch: Aus dem weißen, buschigen Schwanz des Yaks hergestellte Fliegenwedel sind Zeichen königlichen Ranges. Die Pferde tragen solche Büsche als Schmuck zwischen den Ohren. Durch das schnelle Tempo hört das Ornament auf sich zu bewegen.

»Einsiedelei«: Das Wort im Text lautet *āśrama* und bedeutet eine Gemeinschaft von Personen, die sich in unterschiedlichem Ausmaß von der Welt zurückgezogen haben. *Āśrama* bedeutet auch »Lebensstufe«. Nach der brahmanischen Lehre durchläuft der Mensch vier Stufen: *brahmacārin* »Schüler«, *gṛhastha* »Familienvater«, *vānaprastha* »Waldbewohner« und – nur Wenigen vorbehalten – *sannyāsin* »Asket«. Während der vānaprastha noch Opfer darbringt und unter Umständen von seiner Frau begleitet ist, hat der *sannyāsin* alles Weltliche abgestreift. In einer Einsiedelei lebten also neben den Sehern *(ṛṣi, muni)* und ihren Schülern weitere Asketen verschiedener Strenge (*tapasvin, vaikhānasa,* die Übersetzung verzichtet hier auf Unterscheidungen), aber auch Asketinnen und junge Mädchen. Andere Bezeichnungen für solche Ansiedlungen sind *tapovana* »Asketenhain«, *dharmāraṇya* »heiliger Wald«.

S. 41 Puru ist der Stammvater des Mondgeschlechts. Über Bharata, den Sohn Duṣyantas und Śakuntalās, der im 7. Akt auftritt, führt die Linie zu den Helden des Epos Mahābhārata.
Mālinī: Zufluß des Ganges.

S. 42 Somatīrtha: wörtlich »Furt des Soma (Mondes)«. Wallfahrtsort an der Küste von Gujarat, nahe beim Tempel von Somanātha.
Ingudī: Terminalia catappa, Indischer Mandelbaum. Aus den Nüssen wird Öl für Lampen und Salben gepreßt.

S. 43 »... und mir zuckt der Arm!« Das Zucken des rechten Arms oder Augenlids bedeutet bei Männern Glück, vor allem in der Liebe, die Empfindung links bedeutet Unglück. Bei Frauen verhält es sich umgekehrt (siehe 5. Akt, S. 101).

S. 44 *Navamālikā*-Jasmin: Jasminum sambac.
Śamī: Acacia suma, Akazie.
Keśara: Mimusops elengi. Der Baum wird auch *Bakula* genannt. Er hat wohlriechende, weißliche Blüten und dient als Zierbaum.

S. 45 »in freier Gattenwahl«: Prinzessinnen hatten das Vorrecht, sich ihren Gatten aus einer Gruppe von Bewerbern selbst auszuwählen. Für diese in der Dichtung wiederholt dargestellte Sitte findet sich auch im Gesetzbuch Manus ein Hinweis.
»Vielleicht stammt dieses Mädchen ...«: Duṣyanta betrachtet Śakuntalā als leibliche Tocher Kaṇvas, der Brahmane ist. Nur wenn die Mutter anderen Standes ist (es geht hier um *varṇa* »Stand«, nicht um *jāti* »Kaste«), Śakuntalā selbst also nicht Brahmanin ist, kann der König als Angehöriger des Kriegerstandes sie überhaupt heiraten. Wie sich im Folgenden zeigt, ist Śakuntalās leiblicher Vater Viśvāmitra ein königlicher Seher, entstammt also dem Kriegerstand.

S. 47 »Gedeiht der fromme Wandel?«: Der König begrüßt Śakuntalā mit der Formel, die in Manus Gesetzbuch für die Begüßung eines Brahmanen oder Asketen vorgeschrieben ist.
»für den Empfang des Gastes«: Die Pflichten gegenüber einem Gast haben im Hinduismus große Bedeutung. Zum Empfang gehören Wasser für die Füße und eine Gabe aus Reis, Opfergras, Früchten, Blumen, aber auch ein freundliches und aufrichtiges Gespräch.
Saptaparṇa: Alstonia scholaris, Schulholzbaum, geschätzt wegen des Schattens, den sein dichtes Blätterkleid spendet.

S. 50 »Sie fügt sich ...«: Die im Gesetzbuch Manus verankerte Unterordnung der Frau unter einen Mann – Vater, Gatte, Sohn – gilt für die Ausübung der religiösen Handlungen nicht. Śakuntalā gehorcht aber auch in diesem Bereich ihrem Pflegevater.

2. *Akt*

S. 54 »nur schütteren Schatten«: Manche Bäume in Indien verlieren die Blätter im Sommer durch die Hitze oder durch Waldbrände. Dies ist der erste Hinweis, daß der 1., 2. und 3. Akt in der heißen Jahreszeit spielen. Der 3. Akt enthält mehrere Anspielungen auf die drückende Hitze.

»fast nur aus … Fleisch«: Als Brahmane ist der Vidūṣaka Vegetarier.

»morgendliches Bad«: Dieser Begriff umfaßt auch die Pflege des Körpers mit wohlriechenden Ölen, das Darbringen von Opfergaben, das Gebet.

Yavana-Frauen: Sie bilden die königliche Leibgarde, tragen Pfeil und Bogen des Königs und reichen ihm in der Schlacht die Waffen. *yavana* wird mit »jonisch« übersetzt. Wahrscheinlich handelt es sich um Frauen kleinasiatischen Ursprungs, die in Zentralasien lebten und als Wache von Königen nach Indien kamen.

S. 55 *Kubja*-Pflanze: Trapa bispinosa, ein Wassergewächs. Die Ironie der Stelle liegt darin, daß der Vidūṣaka von Natur bucklig ist.

S. 56 »Beim Kuchenessen?« Die Lust an Süßigkeiten gehört zu den typischen Eigenschaften des Vidūṣaka.

»Die Jagd, die doch als Laster gilt«: Gemäß dem Gesetzbuch Manus ist die Jagd eines der schlimmsten Laster der Könige.

S. 58 *Mustā*-Gras: Cyperus rotundus, ein Riedgrasgewächs.

S. 59 »Geh voraus!« Der König geht nie an der Spitze.

S. 61 *Darbha*-Gras, auch *Kuśa*-Gras genannt: Poa cynosuroides. Dieses Gras gilt als heilig und wird fürs Opfer verwendet. Es hat lange Blätter mit sehr scharfen Spitzen.

»Es heißt doch …«: Die vier Stände, Brahmanen, Kṣatriyas, Vaiṣyas und Śūdras, müssen nach Manu dem König einen Sechstel von dem, was sie produzieren, abgeben. Ausgenommen sind Asketen.

S. 63 »Deshalb soll die Einsiedelei …«: Es ist bemerkenswert, daß der höchste Stand, die Brahmanen, trotz ihrer geistigen Macht zur Sicherung des Rituals auf die Hilfe des Kriegerstandes zurückgreift.

»Edel von dir …«: Das Königtum wird mit einer Opferhandlung verglichen, wobei die Gabe des Königs darin besteht, den Untertanen Schutz zu gewähren. Einen Vergleich von Königtum und Brahmanentum zieht auch das Gedicht des ersten Asketenknaben.

»Dann bin ich von den Geistern begeistert!« Der Vidūṣaka sagt wörtlich: »So bin ich vor den Rākṣasas beschützt.« *rākṣasa* ist die Bezeichnung für die Dämonen, die das Opfer bedrohen. Das Wort leitet sich von der Wurzel *rakṣ-* »beschützen« her. Die Übersetzung bildet das Wortspiel im Deutschen nach.

S. 64 Triśaṅku, ein König aus dem Mondgeschlecht, blieb als Opfer einer Auseinandersetzung zwischen dem Seher Viśvāmitra und den Göttern zwischen Himmel und Erde hängen und wurde zu einem Gestirn der südlichen Hemisphäre.
»... erfülle bei der hohen Herrin die Pflichten des Sohnes.« Daß der König sich bei seiner Mutter durch den Vidūṣaka vertreten läßt, ist eine eigenwillige Konstruktion Kālidāsas.

Zwischenspiel

S. 66 Das Zwischenspiel, *viṣkambhaka,* berichtet in gedrängter Form über Ereignisse, die dem folgenden Akt vorausgegangen sind und auf ihn Einfluß haben. Ein solches Zwischenspiel (Gespräch der Freundinnen) leitet auch den 4. Akt ein. Am *viṣkambhaka* nehmen nicht mehr als zwei Personen teil. Das Zwischenspiel vor dem 6. Akt wird als *praveśaka* bezeichnet. Es zählt mehr als zwei Darsteller.

3. Akt

S. 67 »Blumen seien sie...«: Kāma, der Liebesgott, Sohn von Viṣṇu und Lakṣmī, hat einen Bogen, dessen Sehne aus Bienen besteht, und fünf Pfeile mit Blumen als Spitze.
S. 69 *Uśīra:* Andropogon muricatum, ein wohlriechendes Gras, woraus kühlende Salben zubereitet werden.
S. 70 *Mādhavī:* Gaertnera racemosa, eine große Kletterpflanze mit weißen Blüten, von Dichtern häufig erwähnt, vor allem in ihrer Verbindung mit dem Mangobaum.
S. 71 *Sahakāra,* ein stark durftender Mangobaum.
»... daß das Frühlingsgestirn sich dem Mond zuwendet«: Duṣyanta entstammt dem Mondgeschlecht. Eine andere Interpretation sieht im Frühlings(doppel)gestirn die beiden Freundinnen, im Mond, der im Sanskrit hier mit einem Femininum bezeichnet wird, Śakuntalā. Diese Auslegung des Kommentators Rāghavabhaṭṭa (15. Jh. n. Chr.) fügt sich allerdings nicht überzeugend in den Zusammenhang ein.
»... denn auch die Narben auf dem Vorderarm sind hingeschwunden«: Narben vom Spannen des Bogens. Duṣyanta hat die Jagd ja aufgegeben.
S. 72 »... in seine Hand gelangen lassen«: Die Opfergaben – Nahrungsmittel, Blumen – werden nach den Zeremonie an die Gläubigen verteilt.
S. 74 »... der nach den Damen seines Harems zurückverlangt«: Śakuntalā bringt geschickt die Frage ihrer Stellung im königlichen Ha-

rem ins Spiel. Im übernächsten Gedicht verspricht ihr der König, daß sie Erste Königin sein wird.

S. 75 »... deine rotgeschmückten Füße«: Die Frauen färben ihre Füße mit Lack oder Pflanzensaft.

»... daß sie Liebesehen schlossen«: Im Sanskrit ist von Gāndharven-Ehen die Rede. Nach Manus Gesetzbuch ist diese Form der Ehe, die allein auf der Zuneigung des Paars beruht, der Kriegerklasse vorbehalten. Die Gandharvas sind die himmlischen Sänger und Musiker.

S. 76 *Cakravāka*-Weibchen: Die *cakravākas,* eine Entenart (Tadorna ferruginea), sind bei Tag unzertrennlich, bei Einbruch der Nacht müssen sie sich trennen. Die Freundinnen wollen Śakuntalā durch den Ruf warnen. Die Erwähnung der *cakravākas* evoziert auch das weitere Schicksal der Liebenden.

S. 78 »Gier nach Menschenfleisch ...«: Die *rākṣasas,* die das Opfer bedrohen, sind menschenfressende Dämonen.

Zwischenspiel

S. 80 »Fluch dir...«: Der Seher Durvāsas kommt auch in anderen Dichtungen vor. Er entflammt beim geringsten Anlaß in Zorn und ist unerbittlich in seiner Strenge.

»... aus Aufregung bin ich gestolpert...«: Das Stolpern und Fallenlassen der Blumen ist ein schlechtes Vorzeichen.

S. 81 »›Mein Wort steht!‹« Das Wort eines Brahmanen, und erst recht eines Sehers, hat unmittelbare Wirkung. Durvāsas kann es nur in seiner zeitlichen Dauer beschränken.

4. Akt

S. 82 »Zeit für das Opfer«: Am Morgen und Abend werden Gaben, z. B. Milch, unter Gebeten dem Feuer dargebracht. Der Kult des Feuers bzw. des Feuergottes Agni hat im Hinduismus seit dem Rigveda große Bedeutung. Ein Brahmane muß bei der Gründung des Hausstandes ein Feuer entzünden und an einem geheiligten Ort seines Hauses sein Leben lang erhalten.

S. 83 »Obwohl der Blick des Opferers vom Rauch getrübt war ...«: Duṣyanta hat sich mit Śakuntalā ohne Hochzeitsritual vereinigt.

»Priyaṁvadā (auf Sanskrit)«: Bei der Wiedergabe einer Weissagung spricht auch eine Frau Sanskrit.

»feuerschwangerer Śamī-Baum«: Verschiedene Mythen sehen in der Akazie Feuer verborgen. Im Wort »feuerschwanger«, *agni-*

garbha, kann auch ein Hinweis auf den Charaker des 4. Aktes als *garbha saṁdhi* gesehen werden.

S. 84 »Kranz von Keśara-Blüten«: Der Kranz soll Śakuntalā um den Hals gelegt werden und Glück bringen.

Durvā-Gras: Panicum dactylon, heiliges Gras, nicht ganz so heilig wie das *Darbha*- oder *Kuśa*-Gras.

Hastināpura: Die Residenz des Mondgeschlechts, gut 90 km nordöstlich des heutigen Delhi.

S. 86 »auf Malereien gesehen«: Man kann sich vorstellen, daß die Mädchen beim Besuch von Tempeln Wandmalereien gesehen haben.

S. 87 »das Linnengewand«: Im Sanskrit »das Paar aus Leinen«. Die Kleidung der Frauen besteht aus zwei Teilen.

»Yayāti ehrte Śarmiṣṭhā«: Yayāti, ein Herrscher aus em Mondgeschlecht, heiratete Śarmiṣṭhā in einer Gāndharven-Ehe, obwohl sie die Tochter des Dämonenkönigs und Dienerin der Königin war.

S. 88 »Die vier geweihten Feuer«: Die Feuer um den Altar stellen die vier Himmelsrichtungen dar.

Der Kuckucksruf beim Aufbruch ist ein gutes Vorzeichen.

S. 89 »... und Pfauen hören auf zu tanzen...«: Die Pfauen tanzen in Erwartung der Regenzeit, die auf die Hitze folgt.

S. 91 »Versiegen laß / die Tränen...«: Tränen beim Aufbruch sind ein schlechtes Vorzeichen. Dies will Kaṇva aber nicht aussprechen.

»Gib uns deine Anweisungen und geruhe dann umzukehren.« Ungeduld und Strenge des Asketen Śārṅgarava, die sich im zornigen *rasa* des 5. Aktes voll entfalten, werden schon hier angedeutet. Kālidāsa zeichnet seine Personen individuell.

S. 92 »Die Verwandten schweigen.« Mit der Verheiratung geht die Frau ganz in den Machtbereich der Familie des Mannes über.

S. 94 »Lange wirst du den Gatten...«: Hinweis auf die Lebensstufen des Hausvaters und des Waldbewohners.

»Bitte den Vater umzukehren.« Kaṇva bricht nicht ohne Aufforderung auf. Das wäre unhöflich.

5. Akt

S. 96 »... bei meiner einzigen Haarlocke ...«: Die einzelne Locke auf dem geschorenen Kopf ist ein Kennzeichen des Brahmanen. Der Satz spielt auf die Situation des Asketen an, den eine Nymphe verführen will. Das Wort für »Rettung«, *mokṣa,* hat hier eine doppelte Bedeutung. Es meint auch das Ziel des Asketen, die Erlösung von der Wiedergeburt.

S. 97 »... und ewig trägt die Schlange Ananta...«: Die Schlange Ananta (»Endlos«) oder Śeṣa (»Rest«) bleibt am Ende jedes Weltalters übrig und trägt mit einem ihrer tausend Häupter die Erde. Sie ist dabei die Ruhestätte von Viṣṇu.

S. 99 »... den schweren Sonnenschirm / in der eignen Hand zu halten.« Der große Sonnenschirm, Attribut des Königs, war von erheblichem Gewicht. Er wurde von einem Diener getragen.

»Zwei Herolde«: Der Tageslauf des Königs ist in Zeitabschnitte für die verschiedenen Pflichten, die Entspannung und den Schlaf eingeteilt. Die Herolde zeigen die Abschnitte an.

S. 102 »So hat mein Name ›Herrscher‹ ...«: Im Wort *rāja* »König« sieht Duṣyanta einen Anklang an das im Gedicht der Asketen vorkommende *rakṣitṛ* »Beschützer«. Möglich ist auch, daß der König die im Gedicht genannte Sonne mit dem Verb *rāj* »scheinen« und seinem Namen *rāja* verbindet. In der Übersetzung findet eine andere Assoziation statt.

S. 105 Śakrāvatāra, wörtlich »Inkarnation von Śakra (Indra)«, wohl ein Wallfahrsort. Śacī oder Paulomī ist Indras Lieblingsgattin.

Zwischenspiel

S. 111 »gegraviert«: Die Polizisten und der Fischer sprechen andere Prākrits als der Polizeichef und die übrigen Personen des Stücks. Man darf hier wohl eine »ungebildete« Sprache annehmen.

»Hat der König etwa gedacht...«: Geschenke zu empfangen, war eines der Vorrechte der Brahmanen.

»Man wird geboren ...«: Es ist überraschend, daß dem Fischer, dem Angehörigen einer verachteten Kaste, ein Gedicht in den Mund gelegt wird, und noch dazu ein überlegen-ironisches: Der Brahmane übt, trotz der behaupteten Gewaltlosigkeit, ein grausames Gewerbe aus.

S. 112 »Henkersblumen«: Vor der Hinrichtung wurden dem Verurteilten Blumen um den Kopf gebunden.

»... oder deine Lieben – das heißt Leichen – sehen.« Im Sanskrit heißt es wörtlich »... das Gesicht eines Hundes sehen.« Üblich ist der Ausdruck »das Gesicht des Sohnes sehen«. Dieses Wortspiel ist ins Deutsche umgesetzt.

»Meister Yama«: Yama ist der Totengott. Er ist von zwei vieräugigen Hunden begleitet.

S. 113 »... vom Pfahl herabsteigen ... Platz nehmen läßt.« Die Hinrichtung wird durch Pfählen vollzogen. Der Platz auf dem Elephanten bedeutet Auszeichnung.

Kādambarī-Schnaps: Alkoholisches Getränk aus den Blüten des Kadamba-Baums (Nauclea kadamba).

6. Akt

S. 114 »... wenn ich mich unsichtbar mache ...«: Die Himmlischen besitzen einen Schleier, der sie unsichtbar macht.
»Kuckucksweibchen«, »Honigsammlerin«: Übersetzung der Namen Parabhṛtikā und Madhukarikā.

S. 116 »... täuscht er sich in ihren Namen.« Das verräterische Verwechseln der Namen von Frauen ist ein oft wiederkehrendes Motiv der Sanskrit-Liebesdichtung.

S. 117 »... auf dem Vorderarm, dem linken!« Die Männer tragen das Armband auf dem rechten Arm.
»Und doch: Man nimmt die Magerkeit nicht wahr ...«: Vgl. das Gedicht des Heerführers im 2. Akt, S. 57. Gerow (siehe Allgemeine Hinweise) hat auf die ringförmige Struktur von »Śakuntalā« hingewiesen. Im 1. und 7. Akt findet die Begegnung von Duṣyanta und Śakuntalā statt, im 2. und 6. Akt ist Śakuntalā nur in Duṣyantas Gedanken anwesend, im 3. und 5. Akt vereinigen sie sich in Liebe und Haß, im 4. Akt wird ihre Verbindung von Durvāsas bedroht, von Kaṇva gesegnet. Die Übersetzung macht im Folgenden einige sprachliche Rückbezüge.

S. 121 »›stückelte‹«: Der Vidūṣaka zitiert die Ausdruckweise des Fischers.

S. 123 »...daß der Schweiß mir ausbricht.« Das Schwitzen als Zeichen der Leidenschaft wird in der erotischen Dichtung des Sanskrit immer wieder ohne negative Konnotation erwähnt.

S. 124 »Gaurīs Berg«: Gaurī ist ein Name von Śivas Gattin Pārvatī, der Tochter des Himālaya.

S. 125 »Bimba-Lippe«: Die Früchte der Bimba-Pflanze sind hellrot und schwellend.
»... setz' ich dich fest...«: Manche Lotosblumen schließen sich bei Sonnenuntergang. Der König gebietet über die Tageszeiten wie, gemäß dem Gedicht des Kämmerers S. 115, über die Jahreszeiten.

S. 128 »Meine Ahnen bring' ich um ihre Ruhe!« Die Ahnen werden durch Opfergaben, u. a. Wasser, geehrt. Wenn dieses Ritual nach Duṣyantas Tod abbricht, verlieren sie ihren Platz im Himmel.

S. 129 »Anteil am Opfer«: Reiche Spenden begleiten die großen Opferzeremonien, wie sie z. B. bei Hochzeiten durchgeführt werden.

S. 131 »... nimmt sich der Königsschwan ...«: Mit »Königsschwan« wird Sanskrit haṁsa übersetzt. Dieser mythische Vogel (Schwan, Flamingo, Gans?) kann Milch und Soma vom Wasser trennen.

S. 132 Kālanemi, ein Dämon mit hundert Köpfen und hundert Armen, versuchte, das Kind Kṛṣṇa zu töten.
Nārada: Sohn Brahmās, einer der zehn Prajāpatis (»Beschützer der Geschöpfe«).
»der Herr der hundert Opfer«: Indra.

7. Akt

S. 134 »Herr der Winde«: Beiname Indras.
»Himmelsbaum«: Der Korallenbaum (Erythrina indica) ist einer der fünf Bäume im Paradies Indras, die ewig blühen.
Jayanta: Sohn Indras und Paulomīs.

S. 135 »Viṣṇus Löwenkrallen«: In seiner Inkarnation als Mann-Löwe besiegte Indra den Dämonen Hiraṇyakaśipu.
»wenn nicht die Sonne / sie lenken ließe?« Die Sonne sitzt in einem von sieben Pferden gezogenen Wagen. Ihr Wagenlenker ist ein Jüngling, Aruṇa, die Morgenröte. Er hat keine Beine. Das Dunkel der Nacht und der Glanz des anbrechenden Tages berauben ihn der Vollständigkeit.
»In welchem Raum des Himmels«: Der Himmel ist in sieben Windbereiche oder -wege eingeteilt, vom Weg des Windes *āvaha,* der die Wolken und Blitze bewegt, bis zum Weg des Windes *parāvaha,* der den Polarstern anstößt. Mātali und Duṣyanta befinden sich zuerst auf dem Weg des Windes *parivaha,* der die sieben Sterne des Großen Bären und den Himmels-Ganges trägt. Sehr schnell sinken sie in den *āvaha*-Bereich und von dort auf die Erde ab.

S. 136 »durch Viṣṇus zweiten Schritt«: Als die Götter die Herrschaft über die Welt an den Dämonen Bali verloren hatten, eroberte Viṣṇu sie mit einer List zurück: Als Zwerg erbat er sich von Bali soviel Raum, wie er in drei Schritten ausmessen könne. Bali sagte dies zu. In Riesengestalt raubte ihm Viṣṇu mit dem ersten Schritt die Erde, mit dem zweiten den Himmel; den dritten Schritt setzte er auf Balis Kopf und verstieß ihn in die Unterwelt. Daher stammt Viṣṇus Beiname Trivikrama oder Tripāda »Gott der drei Schritte«.
»Der Dreistrom«: Der Ganges fließt im Himmel, auf der Erde und in der Unterwelt.
Der *Cātaka,* eine Kuckucksart (Cuculus melanoleucus), lebt nach dem Mythos vom Wasser der Wolken.

S. 137 Hemakūṭa »Goldspitze«, ein heiliger Berg im Himālaya. Die Kiṁpuruṣas oder Kinnaras sind die himmlischen Musiker.
Prajāpati: Hier ein Ehrenname für Kaśyapa. »mit seiner Frau«: Aditi.

S. 139 »Tochter Dakṣas«: Aditi.

S. 140 »... trägt ein feines Netz.« Feine Linien im Handinnern, in denen manche den Diskus Viṣṇus sehen, kennzeichnen den Weltenherrscher.

S. 143 Sarvadamana: »Alleszwinger«.
»... wie der Śakunta lacht!« *śakunta* (Prākrit saunta) heißt »Vogel«. Die Asketin spricht von der Schönheit des Vogels: *sauntalāvaṇṇaṁ*

(Sanskrit *śakuntalāvaṇyam*). Dies tönt für den Knaben nach dem Namen seiner Mutter Śakuntalā (Prākrit Sauntalā). Diese sprachliche Verwechslung wird in der Übersetzung mit einer anderen Formulierung erzeugt.

Aparājitā »Unbesiegt« ist ein Beiname der Göttin Durgā und die Bezeichnung einer Zauberpflanze, die auf dem Berg der Göttin wächst. Vermutlich enthält der Anhänger – der Sanskrittext spricht von einem Kästchen – die Pflanze.

S. 144 »... daß du mich wiedererkennst.« Die Formulierung des Königs ist eigenartig. Das Wiedererkennen wurde ja nicht für Śakuntalā zum Problem, sondern für ihn selbst. Ironie des Dichters?

S. 145 Rohinī: Die Lieblingsgattin des Mondes. Das Gestirn zeigt sich nach dem Neumond.

»Gewiß hat damals eine Tat von mir ...«: Śakuntalā gibt hier die ethische Theorie des *karman* wieder. Das Geschick des Menschen bestimmt sich aus den Taten seines früheren Lebens. Damit nimmt sie Duṣyanta von Schuld aus. Eine spätere Bemerkung (S. 149) steht allerdings in einem gewissen Widerspruch zu solcher Großzügigkeit.

S. 146 Śakuntalā ist die Ranke – eine in der Sanskrit-Poesie häufig wiederkehrende Metapher –, Duṣyanta der Frühling und der Ring die Blüte.

»Śakuntalā, nimm den Knaben!« Daß der König seine Gattin mit ihrem Namen anspricht, kann nur durch seine Gemütsbewegung entschuldigt werden.

S. 147 »Dakṣa und Marīci...«: Marīci, Sohn Brahmās, ist einer der sieben ursprünglichen Prajāpatis »Schöpfergötter«. Dakṣa, ebenfalls von Brahmā erschaffen, verheiratete seine 13 Töchter an Kaśyapa, den Sohn von Marīci. Aditi, die älteste, ist die Mutter der Götter, insbesondere Indras (des »Herrn der Dreiwelt«, d. h. des Himmels, der Erde und der Unterwelt) und der zwölf Sonnengötter, der Ādityas. Mit den übrigen Töchtern erzeugte Kaśyapa die Dämonen. Viṣṇu (das »höchste Wesen«, *puruṣa*) war schon vor Erschaffung der Welt da. Aus seinem Nabel wuchs der Lotos, aus dem Brahmā entsprang. Er wählte Kaśyapa und Aditi zum Gefäß seiner Inkarnation.

S. 150 »weil das Volk der Bhārata ihm huldigt«: Im Sanskrit heißt es »wegen des Tragens der Welt« (*bharaṇa* »Tragen«). Bhārata, abgeleitet von Bharata, ist die Bezeichnung der Bewohner des heutigen Indien. In der Übersetzung wird das Wortspiel umgekehrt.

S. 151 »beide Welten«: Erde und Himmel.

»Mein Kind, was kann ich weiter Gutes für dich tun?« Dies ist die formelhafte Wendung, die am Ende eines Dramas das *bharatavākya*, das Wort des Schauspielers, einleitet.

Sarasvatī: Göttin des Sprache und des Wissens, Beschützerin der Dichter.
Nīlalohita«: bläulich-rot, d. h. purpurn. Śiva, sonst weiß, wird in seiner zerstörerischen Gestalt dunkel dargestellt. Nīlalohita kann auch heißen »blau und rot«, gemäß Kommentatoren »links blau, rechts rot«. Zwei weitere Adjektive sind in der Übersetzung aus Gründen der Gestaltung weggelassen. *ātmabhū* »aus sich selbst entstanden« wird auch auf Brahmā und Viṣṇu angewendet. *parigataśakti* »von seiner Energie (oder: seiner weiblichen Form) umgeben« meint möglicherweise Śivas Erscheinungsform, in der er halb Mann, halb Frau ist.
»... aus den Fesseln des Seins«: aus dem Kreislauf der Wiedergeburt.

Allgemeine Hinweise

Kālidāsas Drama »Śakuntalā« ist in vier Fassungen – man spricht von Manuskript-Rezensionen – überliefert. Die wichtigsten beiden sind die zentralindische, auch Devanāgarī-Rezension genannt, und die bengalische. Letztere enthält wahrscheinlich nachträgliche Erweiterungen. Die Übersetzung folgt der Devanāgarī-Rezension in der Ausgabe von A. Scharpé, *Kālidāsa-Lexicon.* Vol. I, Teil I, Brügge: De Tempel, 1954.

Die Devanāgarī-Rezension ist auch die Basis neuerer Übersetzungen von »Śakuntalā« ins Englische und Französische. Es handelt sich um folgende Werke:

– *Theater of Memory, The Plays of Kālidāsa.* Ed. by Barbara Stoler Miller. Trans. by Edwin Gerow, David Gitomer, Barbara Stoler Miller. New York: Columbia University Press, 1984.

– *Le Théâtre de Kālidāsa.* Traduit du sanskrit et du prākrit, présenté et annoté par Lyne Bansat-Boudon. Paris: Gallimard, 1996.

Beide Werke behandeln alle drei Dramen Kālidāsas. Sie enthalten Einführungen, Übersetzung, Anmerkungen, Bibliographien und – die Ausgabe von L. Bansat-Boudon – Indices. Das vorliegende Buch verdankt den beiden Ausgaben wertvolle Erkenntnisse und Anregungen.

Ausgewählte Bibliographie

A. Texte und Übersetzungen

Ānandavardhana, *Dhvanyāloka,* with the *Locana* of Abhinavagupta. Transl. by Daniel H. H. Ingalls, Jeffrey Masson, and M. V. Patwardhan. Harvard Oriental Series, Vol. 49. Cambridge, Mass., and London, 1990.

Bharata. *Nāṭyaśāstra.* With the commentary *(Abhinavabhāratī)* of Abhinavagupta. Ed. by Manavalli Ramakrishna Kavi (and J. S. Pade). Baroda: Gaekwad Oriental Series. Vol. I: revised second ed. by K. S. Ramaswami Sastri, 1956; fourth and latest ed. prepared by K. Krishnamurthy, 1991; Vol. II: 1934; Vol. III: 1954; Vol. IV: 1964.

The Nāṭyaśāstra. Ed. and transl. by Manomohan Ghosh. Text Vol. I, Calcutta: Manisha Granthalaya, 1967; Vol. II, Calcutta: Asiatic Society, 1956; Trans. Vol. I, Calcutta: Asiatic Society, 1950; Trans. Vol. II, Calcutta: Asiatic Society, 1961.

Nāṭyaśāstra. Text with Introduction, English Translation and Indices in Four Volumes. N. P. Unni. Delhi: NAG Publishers, 1998.

Kālidāsa, *Abhijñānaśākuntala.* Devanāgarī Recension, with commentary of Rāghavabaṭṭa. 12th ed. by N. R. Acharya. Bombay: Nirnaya Sagar Press, 1958.

– Bengālī Recension, ed. Richard Pischel, rev. Carl Cappeller, Harvard Oriental Series, Vol. 16. Cambridge, Mass., 1922.

– *Kālidāsa Lexicon,* ed. A. Scharpé. Brügge: De Tempel, 1954, 1956, 1958, 1964, 1975.

– *Kālidāsa's »Ring-Śakuntalā«.* Herausgegeben, übersetzt und mit Anmerkungen versehen von Otto Böhtlingk. Bonn: H. B. Koenig, 1842.

– *Śakuntalā. A Sanskrit Drama, in Seven Acts, by Kālidāsa.* The Devanāgarī-Recension of the Text. Ed. with literal English translation of all the metrical passages ... and notes, by Sir Monier Monier-Williams, 2nd ed. Oxford: Clarendon Press, 1876.

– *The Abhijñanaśakuntalam.* Ed. Moreśvara Ramacandra Kale, with commentary of Rāghavabhaṭṭa, various readings, introduction, literal translation, exhaustive notes and appendices. 10th ed. Delhi: Motilal Banarsidass, 1969. (Reprint 1994.)

B. Sekundärliteratur

Bansat-Boudon, Lyne, *Poétique du théâtre indien. Lectures du Nāṭyaśāstra*. Publications de l'Ecole Français d'Extrême-Orient, vol. 196. Paris, 1992.

– *Le Théâtre de Kālidāsa*. Paris: Gallimard, 1996.

Baumer, Rachel Van M. and James R. Brandon (ed.), *Sanskrit Drama in Performance*. University of Hawaii Press, 1981. (Delhi: Motilal Banarsidass, 1993.)

Brückner, Heidrun, »Opfer als Helden – Neue Perspektiven in den ›Bhāsa‹-Dramen«. Studien zur Indologie und Iranistik 19 (1994) 33–60 (Festschrift Georg Buddruss)

Gerow, Edwin, *A Glossary of Indian Figures of Speech*. The Hague and Paris: Mouton, 1971.

– *Indian Poetics*. In: *A History of Indian Literature*, ed. Jan Gonda, vol. V, fasc. 3. Wiesbaden: Otto Harrassowitz, 1977.

– »Plot Structure and the Development of *rasa* in the Śakuntalā«. Parts I and II. Journal of the American Oriental Society 99 (1979) 559–572; 100 (1980) 267–282.

– *Dramatic Theory and Kālidāsa's Plays*. In: The Theater of Memory, ed. by Barbara Stoler Miller. New York: Columbia University Press, 1984.

– »Bhāsa's Ūrubhaṅga and Indian Poetics«. Journal of the American Oriental Society 105 (1985), 405–412.

Gitomer, David, *The Theater in Kālidāsa's Art*. In: *The Theater of Memory*, ed. by Barbara Stoler Miller. New York: Columbia University Press, 1984.

Gnoli, Raniero, *The Aesthetic Experience According to Abhinavagupta*. Serie Orientale Roma, no. 9. Istituto Italiano per il Medio ed Estremo Oriente. Rom, 1956.

Daniel H. H. Ingalls, *»Words for Beauty in Classical Sanskrit Poetry«*. Indological Studies in Honor of W. Norman Brown. Ed. by Ernest Bender. American Oriental Society, New Haven, Connecticut, 1962.

– »Kālidāsa and the Attitudes of the Golden Age«. Journal of the American Oriental Society 96 (1976) 15–26.

Keith, Arthur Berriedale, *The Sanskrit Drama*, Oxford: Clarendon Press, 1924. (Delhi: Motilal Banarsidass, 1992.)

Kölver, Bernhard, »Zur Frühgeschichte der *Rasa*-Lehre«. Berliner Indologische Studien 6 (1991) 21–48.

Kuiper, F. B. J., *Varuṇa and Vidūṣaka: On the Origin of the Sanskrit Drama*. Amsterdam: North-Holland Publishing Company, 1979.

Lienhard, Siegfried, *A History of Classical Poetry. Sanskrit – Pali – Prakrit*. In: *A History of Indian Literature*, ed. Jan Gonda, vol. III, fasc. 1. Wiesbaden: Otto Harrassowitz, 1984.

– »Plot Development in Classical Indian Drama«. Indologica Taurinensia 2 (1974) 133–147.

Masson, J. L. and M. V. Patwardhan, *Aesthetic Rapture: The Rasādhyāya of the Nāṭyaśāstra.* 2 vols. Deccan College Postgraduate and Research Institute. Poona, 1970.

Meisig, Konrad, *Kālidāsa's Life and Works as Reflected in Mohan Rākeś's Play* »Āṣāḍh kā ek din«. In: *Tender Ironies. A Tribute to Lothar Lutze.* Ed. Dilip Chitre, Günther-Dietz Sontheimer, Heidrun Bückner, Anne Feldhaus and Rainer Kimmig. Delhi: Manohar, 1994.

– »Śakuntalā, the Swan Woman«. Asiatische Studien 54 (2000) 249–283.

Renou, Louis, »Sur la structure du *kāvya*«. Journal asiatique 247 (1959) 1–113.

Steiner, Roland, *Untersuchungen zu Harṣadevas Nāgānanda und zum indischen Schauspiel.* Swisttal-Odendorf: Indica et Tibetica Verlag, 1997.

Stoler Miller, Barbara, *Kālidāsa's World and his Plays.* In: *The Theater of Memory,* ed. by Barbara Stoler Miller. New York: Columbia University Press, 1984.

Thieme, Paul, *Das indische Theater.* In: *Fernöstliches Theater,* ed. H. Kindermann. Stuttgart: Alfred Kröner, 1966.

Tieken, Herman, *Text and Performance in Sanskrit Drama.* In: *Theatre Intercontinental. Forms, Functions, Correspondences.* Ed. by C. C. Barfoot and Cobi Bordewijk. Amsterdam – Atlanta: Rodopi, 1993.

– »The So-Called Trivandrum Plays Attributed to Bhāsa«. Wiener Zeitschrift für die Kunde Südasiens 37 (1993) 5–44.

– »Three Men in a Row (Studies in the Trivandrum Plays II)«. WZKS 41 (1997) 17–52.

– »On the use of *rasa* in studies of Sanskrit drama«. Indo-Iranian Journal 43 (2000) 115–138.

– »The place of the *Mālavikāgnimitra* within Kālidāsa's œuvre«. Indo-Iranian Journal 44 (2001) 149–166.

Warder, Anthony Kennedy, *Indian Kāvya literature.* Vols. I–VI. Delhi: Motilal Banarsidass, 1989, 1990, 1990, 1983, 1988, 1992.

Winternitz, Moritz, »Bhāsa and the Mahābhārata and Kṛṣṇa Plays of the Trivandrum Series«. Bulletin of the Rama Varma Research Institute 5 (1937) 1–15 = Kleine Schriften (hg. von Horst Brinkhaus, Stuttgart: Franz Steiner Verlag, 1991) 2. Teil, S. 793–807

– »Bhāsa. What do we really know of him and his work?« Woolner Commemoration Volume, Lahore 1940, S. 297–308.